天空永不變

蔡惠美 著

目次

第一章……5
第二章……35
第三章……51
第四章……69
第五章……83
第六章……99
第七章……121
第八章……149

第九章……165
第十章……183
第十一章……195
第十二章……205
第十三章……219
第十四章……237
第十五章……255
終曲……265

第一章

明萬曆三十四年（西元一六〇六年）

淑敏無意識的轉動手中的墨條，含笑著迷地注視自己的夫婿，看著他細緻、耐心地在紙上描繪池中蓮花；一如他的人一樣，給人溫和、安定的感覺。心中不禁竊喜，自己的苦難或許真的結束了。

由於出生在貧苦多子的鄉下人家，淑敏還未識人事即被父母賣入煙花界的趣春園，過著迎來送往、食不知味的傀儡生活。原本她還恃著自己年輕美貌，天真的幻想或許很快就可以遇到有情有義的君子為她慷慨解囊，助她脫離苦海。但是她卻低估了老鴇的貪婪之心。剛開始確實有些富家老爺大少炫於她的溫柔美麗，頻頻示好想替她贖身，老鴇也深知如她這般性情好、芙蓉貌的姑娘非常難得，就狠狠的開出高價想大撈一筆，反而嚇退了那些沒有真情意的紈褲子弟。後來斷斷續續又有一些人提出要求，老鴇仍然財迷心竅，想藉著她賺個老本墊底。如此一年拖過一年，不知不覺中淑敏已失去了人生的精華，尋花問柳的客人也將目標轉向年輕新鮮的姑娘身上，只是後輩裡無人如她所曾綻放的光芒。所以她仍不乏人問津，只是已沒有以往的狂熱。但是淑敏堅信，只要自己保有良好的本質，神明一定會保佑她。果然皇天終究不負苦心人，三十三歲的淑敏遇見了糾纏她後半生的薄緣人，李清平。

李清平年長淑敏二十歲，出手大方竟沒有一般富人的霸氣，反而敬她如客。交談之後，淑敏才知道這是他生平第一次入青樓，並且是為談生意而來的。李清平根本不懂得如何與姑娘家打情罵俏，但呆坐著又怕壞了別人的好興致，只好有樣學樣的跟著旁人對淑敏咬耳朵。淑敏被逗得咯咯笑，一方面是她怕癢，另一方面是她沒想到李清平在她耳邊呢喃的竟是一個接一個的歷史故事。旁人不知，還以為李清平是風流文人，對他既羨慕又嫉妒的。而善解人意的淑敏也沒有拆穿他，只在自己不懂的地方輕聲的反問他。她的溫柔婉約令李清平深受鼓舞，話匣大開，彷彿重逢多年不見的知音故友。這次初見以後，他每隔兩、三天來一趟，仍然只是談天說地，由於他不諳酒性，兩人遂以茶代酒，相敬如賓。

慢慢地，淑敏開始期待李清平的到來。他們的話題也從海闊天空轉移到各自的家庭背景。李清平訴說自己已有一個成年的兒子、兩個分別六歲與四歲的女兒。以及情同陌路的妻和妾。他的元配是位精明能幹的富家千金；當年他屈服於父親的逼迫之下，為了兩家的商業利益而結合，原想能夠平靜的過日子也就罷了，沒料到養尊處優的妻子不但處處管制他，對待下人也是嚴苛無理、隨性喜怒，搞得家裡上下人心惶惶不得安寧。偏偏她在生產時，因為自小嬌生慣養而吃足了苦頭，從此便畏懼床第之事不讓李清平親近。一直到兒子文賓十歲了以後，他才納了一位單純的村姑為妾。誰知原本純樸的小妾一旦擺脫了窮苦的生活，竟也變得跋扈起來。所以他現在另外在後院竹林裡開闢一間小屋獨居，靜靜的遠離家中的紛爭。堪可告慰的是有個知書達禮的好兒子。

淑敏和李清平以禮相待半年之後，李清平終於鼓起勇氣提出想為淑敏贖身的意思。她自是喜不自禁，立刻告知老鴇。狠心的老鴇看出李清平老實可欺，依舊貪性不改。淑敏自覺這次是她最後一次從良的機會，先是苦苦哀求老鴇放她一條生路，繼而以死相逼，再加上眾姐妹幫襯著，終於打消了老鴇的發財夢。李清平這方面也是排除萬難，除了妻妾以外，他還不顧家族長老的責罵，篤信自己的眼光不會錯，堅持要娶淑敏入門，並體貼的將她安置在後院的小屋，以避開妻妾的刁難。

※　※　※

李清平抬頭看她，淑敏被抓到對著夫婿發呆，不禁滿臉通紅趕緊低下頭。說也奇怪，自己在風塵中打滾多年，在已婚兩個多月的丈夫面前，卻表現得像個情竇初開的小姑娘一般。

此時做丈夫的寵愛地開口：「昨天送來的金鐲還喜歡嗎？」

「我很喜歡。不過以後請老爺不要如此的破費。」

「不會。她們也有份，妳怎麼可以少？」

「可是……。」

「淑敏，」李老爺放下手中的畫筆，莊重地說：「妳進了李家的大門就是李家的人。我是李家的一家之主，絕不會讓妳受一點委屈。妳明白嗎？」

「嗯。」丈夫的保證除了令淑敏心安之外，還有一股「有君如此，夫復何求」的驕傲感。

「對了，昨天阿賓找妳說什麼？」

「大少爺……。」

「欸，什麼大少爺，妳是他的長輩，直接叫他的名字就可以了。」

除了夫婿，進入李家令淑敏最感欣慰的是有李文賓這位晚輩。他的性格長相全襲自父親，也受父親影響不計較淑敏的過往，對她如同自己的長輩般敬重，再加上淑敏並沒有像自己的母親嚴厲得難以接近，所以他常向她請教一些問題，或者把她當成和父親之間溝通的橋樑。

「老爺，我想以你現在的福氣該討個兒媳婦了吧？」

「怎麼？阿賓看我現在的日子好過，吃味啦？」

「老爺，你真是的。阿賓昨天是問我，老爺知不知道夫人打算替他訂親的事？」

「嗯，她是跟我提過一次。我想這種囉嗦事女人家比較內行、細心，所以我乾脆就給她全權做主好了，畢竟阿賓也是她的親生子，她絕對會替阿賓設想周到的。怎麼？阿賓有什麼想法嗎？」

淑敏暗自盤算著。進李家以來，雖說有李老爺護航，但是每當李老爺出門時，總免不了會遇見李夫人幾次。每一次淑敏謙卑的態度比丫環更甚，李夫人卻不曾與她說過話，臉上不屑的神情連無知的孩童都懂，甚至李夫人私自下令不准任何僕役聽從淑敏使喚。李老爺不在之時，淑敏不但大小事都得自己動手，還只能吃到剩菜冷飯，但是只要想到李老爺的溫情，她便可以咬緊牙撐過去。只是自己現在似乎已有孕在身，若說出阿賓委託之事，事成以後，李夫人一定會懷恨自己一生，連同腹內的孩子往後便無清靜的好日子可過。但她無法忘懷阿賓殷殷請求的神情，基於愛烏及屋的心理，她實在不忍心拒絕。

「阿賓說，夫人有意替他訂下吳家大小姐。」

「嗯，不錯。吳老爺做生意信用好，聽說吳夫人還做得一手好針線，吳小姐一定是個賢淑的大家閨秀。」

淑敏咬咬嘴唇，決定不顧後果的往前衝。

「不過，阿賓說他已經私下許諾別人了。」

「哦？是哪家這麼有福氣的姑娘？」只有在提及兒子時，李老爺才會有自負的個性，忘了兒子輕率的舉動。

「是在街上開乾貨鋪的女兒。」

「人品怎樣？」

「說來慚愧，我雖然在城裡住了十幾年，還是人生地不熟的。不過阿賓告訴我說，那個女孩家很乖巧，也很孝順父母。」

「欸，他現在已經被迷得昏頭轉向的，說的話哪能算數。明早我叫源叔去打聽一下這位姑娘的家世人品，我們也不要貪對方大富大貴，最重要的是這位姑娘本身好的話，我也沒什麼可反對的，就隨阿賓高興吧。」

「我擔心如果夫人問起的話……。」

「夫人那裡我會跟她說去。」

「謝謝老爺成全。」

「唉，原來是想娶妳來侍候我的，這下可好了，兒子反倒比老子還重要了。」

「老爺，你總愛消遣我。」

李老爺愛煞了淑敏不勝嬌羞的模樣。

※ ※ ※

李夫人心中盤算討個門當戶對的媳婦，然後風風光光的辦場盛大的婚禮。出乎她意料之外的是李老爺半路出面做主砸了她的如意算盤，她一氣之下完全放手不干預婚事，心底打定主意絕不接納兒媳婦。

由於女方是小戶人家，在李老爺的主張下，一對新人就在簡單隆重的氣氛之下行完禮。新婚夫婦對淑敏的感激自不在話下，只是礙於李夫人的情面不敢與她表現得太熱絡。

辦完喜事半個月後的早上，淑敏害羞地向夫婿吐露自己確定懷有身孕。隔日李老爺就病倒了，連續兩天高燒不退，急壞了一大屋子的人，大夫把過脈也只能搖頭嘆氣。李夫人每見到一個人都要叨絮一次，說是娶了淑敏那個污穢女，把老爺的身子都折騰壞了。淑敏更是寸步不離的守在病榻前，默默的忍受眾人譴責的眼光。

李老爺在昏迷了十天之後的清晨，人忽然轉醒的將兒子及管家叫到床前。

「你們聽好，不管我發生什麼事，都要替我照顧三姨娘，她現在已經懷有我的孩子，所以無論我怎樣，絕對不能讓她受到任何委屈。阿賓，你聽清楚了嗎？」

阿賓哽咽的點點頭。「爹，你放心吧，你不會有事的。」

「源叔，」管家上前一步。「你要記得，每個月比照夫人的零用金撥給三姨娘使用。」

「是，老爺。」

「淑敏。」李老爺喚了一聲後，不禁淌下清淚。「我原是想讓妳過好日子的，沒想到我這麼不中用，到頭來反而害苦了妳。」

「老爺，你不要胡思亂想，留些精神好調養身子，能夠服侍你是我前世修來的福氣。」淑敏緊咬著牙，不讓悲傷宣洩出來。

「淑敏，」李老爺自知的淚流不止。「孩子妳要多費心了，不要……。」他無力說完地留下遺憾。

霎時屋內哭聲震天。淑敏對著往生的人失聲哀嚎，彷彿已身受到死亡的痛苦，卻渾然不覺更大的苦難在後頭等著她。

李夫人一聽見哭聲就立刻衝進房內，看到眼前的景象便楞住了。老爺與自己的感情再不好，終究是夫妻一場，而今他人說走就走，對自己竟沒有一絲的眷顧與愛戀。悲傷的情緒一閃即逝，代之而起的是憤怒與嫉妒。老爺臨終前，仍然一心只掛念那個風塵女，對於正室夫人卻沒有一句交代，撇開夫妻感情不講，他竟也不顧慮正室夫人應有的權威與地位。

李夫人一想到在丈夫眼中自己還不如一名娼妓出身的小妾，一時怒火攻心，不加思索地衝過去用力抓住淑敏的頭髮使力的往外拖。淑敏在完全沒有防備之下，驚嚇得忘了抵抗，只能踉蹌地跟著夫人走，旁觀的眾人看到夫人一臉的兇相也不敢上前去阻攔。李夫人將淑敏拖往大門，故意將她推向門板，致使淑敏跌落時左邊的太陽穴著地，汩汩泉湧的鮮血染紅了她的半邊臉。一旁的文賓見此情景趕緊上前扶起她，李夫人狠心的一掌推開文賓，趁勢破口大罵。

「妳這個破草鞋，來沒多久就把我們李家搞得烏煙瘴氣的，我現在如果不把妳趕出去，妳不知還要害死多少人。」

「夫人，」淑敏的喉嚨已因哭泣而乾啞。「我求妳，讓我留在李家做牛做馬我都願意，我已經懷著老爺的骨肉了。」

此時有很多路人停下來圍觀，李夫人更是提高嗓門。

「像妳這種妓女出身的爛貨色、到處招搖勾引男人的蕩婦，誰知道妳肚子裡是誰留的雜種。妳以為隨便說說就想利用這個雜種留在李家，趁機瓜分我們李家的財產嗎？」

「不，冤枉啊……。」淑敏一直不停的用力搖頭，已經有些頭暈目眩。

「娘，妳真的冤枉敏姨了。」文賓不想在外人面前丟臉，出聲仗義直言，希望趕快結束這場家庭鬧劇。「爹也說這個孩子是他的骨肉。」

李夫人哪能容忍自己的兒子在眾人面前拂逆她、讓她難堪，舉起手便狠狠的摑了兒子一巴掌。

「你爹是老來瘋，已經被她迷得魂歸西天，難道你的魂魄也被她收去了嗎？若不是她骯髒齷齪、不知羞恥的死纏著你爹，搞壞你爹的身體，你爹好好的一個人怎麼會突然就去了？」

文賓明白母親是因為父親對她無情無義而遷怒無辜的淑敏，但是基於傳統的孝道，他不能與母親當眾對抗，只好靠向同樣淚流滿面的妻子。

李夫人見兒子已經屈服了，再度將矛頭轉向淑敏。「妳這個賤女人，妳給我聽清楚。從今以後李家與妳毫無瓜葛，今生今世妳和妳肚子裡的野種休想再踏進李家大門一步。」她轉身前瞥見淑敏手腕的金鐲，衝上前就要硬拔，力道之大幾乎使淑敏的手關節脫臼。「好哇，我說老爺送我的金手鐲怎麼少了一隻，原來被妳這髒人偷走了。」

淑敏挺起最後的一絲力量抵抗。「不、不是，這是老爺送我的。夫人，我求妳，把它還給我，真的是老爺送我的……。」

李夫人搶過手鐲，還狠力的推了淑敏一把，並朝她唾了一口痰。「妳不要妄想騙李家的任何東西，連屎都不給妳。」說完，她拉起兒子往裡走，並命僕人拴緊大門。

淑敏失神地癱在地上，整個人欲振乏力的。圍觀的人不敢多管閒事，漸漸地散去，只有一位後來大約十五、六歲的小姑娘好奇的趨上前，想一探究竟。

「咦？妳不是淑敏姐嗎？發生什麼事了？妳怎麼會變成這樣？」

淑敏茫然地抬起頭，勉強的定睛一看，原來是趣春園裡的丫頭曉蘭。見到舊時同甘共苦的姐妹，淑敏心中所有的委屈瞬間全衝上胸口，一時喘不過氣便昏死了。

※ ※ ※

淑敏緩緩地撐開酸澀的眼皮，忍著頭部劇痛打量自己身在何處。想起身卻覺得一陣天旋地轉，若不是有人動作快扶住她，只怕會跌下床。她定神一看，忍不住的哭倒在對方的懷裡。

「紅蓮姐……。」

「好了、好了，都過去了，不要再想了，都過去了。」

紅蓮年長淑敏四歲，也是生長在貧苦人家。由於長相平凡，個性大而化之，再加上能言善道、敢做敢當的率性，一直是青樓姑娘們的精神支柱，也因此引不起老爺們的愛憐之心，助她脫離風塵。而她自己在沉浮人海多年，早已看開環境雖然不能由人，但是既然哭笑都得過日子，何必苦著臉跟自己過不去。所以她成日穿梭在自己厭惡的環境裡，卻是難得的、真心的笑口常開，在風塵裡算是比較獨特的例子。

「淑敏啊，剛剛大夫有來看過妳，神明保佑，孩子平安無事。至於妳頭上的傷，大夫說傷口不淺，以後要自個小心多調養，老年才不會患頭痛。倒是全身上下的瘀血沒什麼大礙。妳先好好休養幾天，有什麼事等身體好了以後再說。」

淑敏沙啞的說：「阿娘呢？她怎麼說？」

「唉，她的年歲也夠了，再加上這種生活原本就比較摧殘身體，妳出嫁一個多月後，她受了風寒在床上躺了五、六天就過去了。我想妳既然已經從良了，最好不要拿過去的舊事去打擾妳，所以就沒有通知妳。好啦，我不多說，我還是把妳當成我的好姐妹，不准妳跟我計較那麼多，儘管安心的住下來，先把身子精神調養好才能打算往後的事。嗯？」

「多謝紅蓮姐。」

淑敏在床上躺了一個多月，身上的瘀血慢慢消退，胎兒也逐日成長。只是她的精神一直無法振作，一旦清醒就會不由自主的想起李老爺，接著便又傷心得疲憊地再度入睡。

盛暑的午後，淑敏倚著窗邊乘涼，徐徐清風吹得人神智半睡半醒的。恍惚之間她以為自己又置身在李家後院的竹林裡，彷彿又聽見李老爺溫柔的輕聲細語，不禁精神大振，想起身追尋才看清周遭的環境。一時之間，有心無力的挫折感和痛徹心肺的思念全湧了上來，痛苦蓋過了理智，她盲目地衝向梳粧臺，翻箱倒櫃的想找把剪刀來解除痛苦。她發出的聲響引起了正往這來的紅蓮的注意，紅蓮端著一碗白木耳湯加速走進來，一看情況不對，連忙放下碗上前來拉住淑敏。

「淑敏，妳這是在做什麼？」

「我不知道，我只是好難過，我受不了這種難過。」

「淑敏哪，妳現在已經有孕在身了，如果亂來的話怎麼對得起李老爺呢？」

淑敏崩潰地趴在桌上。「就是因為他我才不想活。如果沒有他，我可以在樓子裡平平的過一生，不知道大悲、也不瞭解大喜。可是他出現了，他對我呵護備至，讓我體會生為女人被寵的喜悅，然後他只待了一下就走了。我現在已經不能沒有他了。紅蓮姐，有什麼方法可以讓我再見他一面，我願意付出任何代價。」

「哎呀，話不能亂講，會招來惡運的。」

「我還有什麼好怕的？」淑敏激動的拍打桌子。「我現在的心比當初被賣的時候還苦。」

面對淑敏的愁苦，紅蓮也不禁黯然淚下。

「唉，我這一輩子已經注定要老死在這樓子裡了。不曾經過真正歡欣的事，也沒有做過什麼值得驕傲的事，我真不知道人生走這一遭是為了什麼。如果做人是一種折磨、得積功德，我也只能安慰自己，至少我低賤的一生讓很多男人得到短暫的快樂。可是淑敏，妳還有一個希望，李老爺留給妳一個孩子，那是有錢也買不到的，妳要輕易的放棄嗎？」

「我……。」

「妳想想看，這個孩子是妳和李老爺共同的骨肉，李老爺並沒有完全死去，他還留了一半在妳的肚子裡啊。妳如果想不開，受傷害的不只是妳，還有李老爺啊。」

「紅蓮姐，不要再說了。」淑敏慚愧得泣不成聲。

「好啦，妳不要再哭了，太激動的話對孩子不好。把白木耳湯喝了，回床上休息吧。」

紅蓮將淑敏扶上床，等她入睡後，喚來曉蘭守在床邊以防萬一。

※　※　※

隔幾日淑敏開始感覺到胎動，也重新體會到生命成長的喜悅。精神振奮後，她簡單的梳洗打扮便找紅蓮商議往後的日子。當她提出想做打掃的下人以換取生活所需時，立刻被紅蓮嚴厲的駁回。但淑敏非常堅持自己的決定。如果自己懷的是個男孩，她不想讓他靠紅蓮的庇蔭，一輩子沒有出息；如果生下來是個女孩，更不希望她步自己的後塵，一生都無法翻身。

紅蓮當然明白淑敏的想法，只是不忍心讓她太過操勞。兩人爭論了一會，最後決定因為淑敏年紀不小了才懷第一胎，身體一定要特別小心照顧，等她坐完月子再開始工作。淑敏滿心感激正想開口道謝，紅蓮揮揮手趕緊起身走開，她是那種人家謝恩便會不知所措的人。

淑敏於是避開了前廳的吵嘈聲，放心地在後院柴房旁的小房間安定下來。

※　※　※

唐妹在眾人的殷盼中出世。她細緻美好的五官立刻激發了姑娘們的母性愛，竭盡所能爭相博得她的歡心，紅蓮更順理成章的成為唐妹的義母。

淑敏一方面感激也瞭解姐妹們的愛護之心，卻也擔心孩子被寵得嬌生慣養。所以儘管姐妹們偶爾會抱怨淑敏太過嚴謹，她仍認為唐妹沒有父親可以依靠，必須比一般孩子懂得吃苦耐勞，長大才會有不求人的堅強性格。

淑敏一等身體狀況好轉就著手工作。剛開始有些青樓常客會拿話激她、刁難她，甚至有些佔便宜的動作，都靠姐妹們巧妙地幫她解圍。日子久了之後，客人們覺得無趣也只當她是一般的下人，不再多加理睬了。

淑敏自從生了孩子個性變得越來越沉默，對唐妹抱著一股很奇特複雜的感情。她無私的認為唐妹完美的五官與清雅的氣質超越了她和李老爺的優點，顯得那麼非凡，與這吵雜墮落的環境醒目地格格不入，讓她覺得自己沒有資格擁有她，隱隱中好像唐妹隨時會被人帶離她的身邊。淑敏當然無法割捨唐妹，只是每天照常的餵她，卻不曾有任何愛溺的動作出現。面對唐妹的哭泣，她也表現得很冷淡，幾乎是有些冷漠無情。甚至姐妹們越對唐妹好，她的態度越是給人一副事不關己的感覺。在外人看來，好像唐妹對她而言是不得不扛起的重擔。

有時夜闌人靜，淑敏清醒地躺在床上也會思索著自己怪異的情感。其實她也想對唐妹做些親暱的小動作，但是一看到那雙與李老爺一模一樣溫柔慧黠的眼眸，她的心就僵住了。尤其某些白天工作得特別累的夜晚，當她全身痠痛的在床上翻來覆去時，她便渴望李老爺溫柔的愛撫。心中越是想著身體卻越是難受，常令她不由自主的低泣。有時難過得不禁怨恨起李老爺，唐妹的存在更令她瀕臨錯亂瘋狂的邊緣。慢慢地淑敏整個人越來越憂鬱，感受也漸漸地麻痺，任何再大的好事也引不起她的歡欣之情。

唯一令人欣慰的是唐妹自小便很乖巧，雖然她明白眾阿姨都比母親對她好，可是每當她看到母親工作疲憊的神情或夜半醒來發現母親坐在窗邊，顫抖著雙肩無聲的哭泣，便湧起天生的母女親情。所以即使有些時候母親冷漠得傷她的心，她也不忍拂逆母親或做非分的要求。對於阿姨們的熱情，她也只能含蓄的接受，不敢表現得太過興奮或恃寵而驕，因為她知道那會引起母親的不悅。只是沒想到她的楚楚可憐更引起眾人的潛在母性，更是傾心的對她好。

※　※　※

趣春園的主廚阿弘是家道中落的商家子，幼時唸過幾年私塾，曾有滿懷理想壯志。年輕時好打抱不平因而得罪人遭到暗算，雖然保全了性命卻成了永久的跛子。後來為了生計，不得不放下身段到趣春園作活。他總是獨自一人據在角落揀菜，偶爾酒後仰天長嘯，抒發鬱悶的情懷。唐妹的出世給他消沉的生命注入新的活力，他立刻當成是自己的女兒般寵愛。正好唐妹已喪父，自然的與他發展出一種近似父女的感情。

唐妹兩歲時就幫著阿弘揀菜，阿弘不但教她識字還很會說書，忠孝節義、才子佳人，隨手拈來往往可以說上大半天。常常是唐妹認真的揀菜，阿弘隨手抓起一把青菜當扇子，每每講到激動處總是忘情的手舞足蹈，恨不得自己就是千古流芳、萬人景仰的主角。

由於趣春園裡沒有其他的小孩，唐妹很小便在廚房幫忙打雜，她從不抱怨發脾氣，整個趣春園的人都當她是小大人一般看待，比起同齡的孩童，她的思想行事要成熟穩重多了。淑敏也已漸漸克服思念之苦，對待唐妹也較能顯露孺慕之情。

唐妹八歲時，有一天黃昏時正入迷得目不轉睛的在看變化多端的晚霞，突然有名酒醉的客人誤闖進了後院，看到唐妹竟然獸性大發的緊抱她不放。唐妹的驚叫聲立刻引來了阿弘，他在氣憤之下也忘了什麼客人至上的戒條，一拳就揮了過去。那位客人正在酒醉之際，神智不清的也不覺得痛，只是口中喃喃模糊的醉話，倒是阿弘大嗓門的罵了一長串。

「這麼小的孩子你也敢調戲，你是禽獸嗎？你難道沒有力氣可以找女人嗎？下次再讓我遇到，就讓你瞧瞧本大廚的刀法，我一刀就可以閹了你，殺你個王八烏龜忝孫子。」

阿弘的破口大罵驚動了眾人到後院，淑敏見唐妹驚嚇的淚臉趕緊上前攬著她。紅蓮問明發生的事，隨即喚來兩名男丁將客人扶回前廳。那名醉客走時還一逕說著輕浮挑逗的話，氣得阿弘一腳踹出去，若不是有旁人拉著，只怕會踢中對方的要害。

當不速之客走後，眾人的注意力轉回唐妹，她被嚇得不停的抽泣，大夥兒趕緊說好話安慰她，有名廚娘還塞根麥芽糖給她。只有淑敏滿懷心事，不發一語的注視唐妹。

紅蓮有些納悶的開口：「淑敏，妳怎麼了？」

「我也不知道，只是唐妹生得這麼美，我一直……有一種很不祥的預兆。妳看，要不要讓她破相？」

紅蓮一聽，迅速出手將唐妹拉到自己的身邊。

「妳瘋了？這麼漂亮又乖巧的女兒，多少人燒香拜佛八輩子求不來的，妳竟然想讓她破相？長大以後別人不知情還以為她命中帶剋，萬一沒人敢要，妳豈不是誤了她的一生？」

淑敏覺得有些哭笑不得，正想開口解釋，一旁的阿弘也開口維護唐妹。

「淑敏哪，自古以來姑娘家為了增加自己的美麗，不知花了多少錢買胭脂花粉。現在唐妹有幸得到上天的寵愛，妳突然要讓她破相，豈不逆天行事？白白蹧蹋了唐妹？」

淑敏耐著性子解釋。「不是，你們都誤會了。再怎麼說唐妹都是我親生的，我唯一的命根子，我怎麼會無緣無故的傷害她呢？我只是覺得女孩家長得太美不是好事，美麗的東西人人都愛，容易招來禍端。像驪姬、妲己——。」

阿弘急急的打斷她。「哎呀，我們唐妹性情好又懂事，那些禍國殃民的女人怎麼可以跟我們唐妹相提並論呢？」

「妳將她亂破相，萬一壞了她以後的好姻緣怎麼辦？」

「是啊，女人家要有婦德也要注重婦容嘛。」

眾人你一言我一語的爭著愛護唐妹，說得淑敏倒不好意思了，不禁怪自己怎麼會突然興起這個荒謬的念頭。

※ ※ ※

隔幾天一大早，淑敏還在廚房吃早飯，丫頭秀珍跑進來找她。

「淑敏姐，前廳有位大爺要找妳。」

在場的人都停下吃飯的動作，驚呀的看著氣喘噓噓的丫頭。

「妳說……是一個大爺？」

「嗯。」秀珍得意的點點頭，好像做了件大事一樣。「我沒有看過他，不過他人很斯文，不像一般的客人邪裡邪氣的，所以我請他在前廳稍候，說妳會過去見他。」

淑敏還在沉吟不知道是什麼人時，阿弘已經劈哩啪啦的開罵。

「妳這丫頭做事沒大沒小的，也不知道客人是好是壞，就隨隨便便的替淑敏答應人家。怎麼？妳以為前宅後院摸熟了，就可以自作主張了？」

秀珍被罵得抬不起頭，淑敏看了很不忍心，明白她只是年輕天真得還滿懷古道熱腸，以為自己做了一件好事。

「阿弘，你別怪她。來者是客，我也不能迴避，總要問清是什麼事。秀珍，妳幫我帶唐妹回房裡，暫時先陪著她，不要讓她亂跑，好嗎？」

「好。」

秀珍順從的離去。阿弘不放心的詢問淑敏是否要有人陪同，被她婉拒了。

淑敏心裡七上八下、小心翼翼的踏入大廳，一看到來人便驚喜的加快腳步。

「大少爺，你……你怎麼來這裡？」

「敏姨，好多年沒見了。爹若聽見妳叫我大少爺，一定又會不高興的。」

「我……我……。」看著神似多年魂縈舊夢的臉孔，淑敏竟有些回不過神來。

「敏姨，我有很多話要跟妳說，這裡方便嗎？」

「來，到我房裡。」

「我想看看小妹。」

「當然好。」

淑敏將秀珍請出房，再牽著唐妹要她對文賓喊大哥。唐妹接觸的人不多，有些怕生，但是文賓眼裡慈祥的光輝、溫文的態度再加上天生的親情溫暖，使她克服了這個障礙，立刻綻放羞答答的笑容。

「敏姨，她好漂亮，她的眼神跟爹一模一樣。」

「你也是啊。」

文賓將隨手帶著的一盒小糕餅遞給唐妹，她起初不敢出手，後來在母親的頷首下才伸手接過，靜靜的坐在床邊。

淑敏原想請文賓坐下細談，不料他竟一下跪在她跟前。

「阿賓，你這是在做什麼？趕快起來。」

「不！敏姨，這些年來我一直都知道妳和唐妹過著苦日子，請妳原諒我。」

「傻孩子，這些跟你無關。」

「不，是我的錯，我答應爹要好好孝順妳卻沒有做到，甚至對自己的親妹妹也袖手旁觀。」

「阿賓，你先起來再說，你這樣會嚇到唐妹。」

文賓看到唐妹露出驚恐莫名的神色才發現自己太過激動，趕緊起身並抱起唐妹坐在自己的腿上。

「阿妹乖，不要怕，讓大哥抱抱妳。唉，都怪大哥不好，太懦弱無能了，才會害妳們白白受了這麼多的委屈。」

「阿賓，你千萬不要責怪自己，我能諒解你的難處。」

「敏姨，妳就是太會替別人設想才會讓自己受罪。我當然應該要孝順親娘，可是妳沒有錯，娘她不應該把妳趕出家門。我是一個大男人，卻只能束手無策的看妳被侮辱，我真恨自己的無能。更何況我還答應爹要好好照顧妳。想當初如果沒有妳幫忙，我也不會娶到像鳳珠這樣好的妻子。這幾年我們夫妻倆生活很美滿，只是一想到妳心裡就很愧疚，總覺得有些忘恩負義，可是就是沒有勇氣違背娘的意思。」文賓說到此，喉頭開始有些哽咽。「這一陣子我夜裡經常作夢，夢到爹一個人在後院的竹林裡徘徊。我喊他，無論我怎麼求他，他就是不理我……。」

多年良心的苛責化成痛心疾首的哭聲一洩而出，唐妹雖然不太懂，但是看到大哥悔恨悲痛的樣子，她也難過得伏在他肩上陪他一起哭。

淑敏猛眨眼，抑止更多的淚水，稍靜下氣後才說：「阿賓，你今天來，夫人知道嗎？」

「不，我沒有跟娘說，不過我已經決定了。」他舉起手阻止淑敏開口。「敏姨，妳不用再勸我了。我知道妳有替我著想，不想讓我為難不好做人，但是妳也要替阿妹打算。這裡畢竟不是善良百姓會認同的地方，她若繼續住在這裡會耽誤了她的一生。無論如何妳也是爹明媒正娶的妻子，阿妹是爹的親骨肉，我是她的長兄，我們李家就是妳們真正好的歸宿啊。」

淑敏無話可反駁，因為文賓正說中了她的痛處。

「敏姨，我請妳們回家會安排妳們住在後院的小屋，也會另派僕人專門侍候妳們，並且我會跟娘說明白，決不會讓她到後院去打擾妳們，好嗎？」

面對文賓的懇求，淑敏實在很難拒絕，畢竟這是個可以脫離是非之地的機會，只是心中難免有些不安。

「我是擔心夫人的脾氣……唉。」

「敏姨如果不放心，可以先回家住一陣子，若是不習慣，我會另外安排別的房子給妳們住。反正今後我會負責照顧妳們的生活，不會再讓妳做粗重的工作，也會請先生來教阿妹讀書，妳覺得好嗎？」

為了唐妹往後的幸福，這麼多有利的誘因，淑敏也不得不答應。將來情況再壞，頂多再回趣春園罷了。

「對了，差點忘了這重要的東西。」文賓從懷裡拿出一個小紅綢袋，先掏出一條項鍊為唐妹戴上。「阿妹，這是大哥和大嫂給妳的見面禮。」然後又拿出一個金手鐲。「敏姨，這手鐲還妳。」

淑敏睹物思人，不禁想起當時夫君為自己戴上時的柔情蜜意和溫柔輕撫，那感覺彷彿又再次綻放奔流，引起她全身輕顫，再也克制不住泉湧的淚水。

「阿賓，你一定要相信我，我決不是貪你們李家的榮華富貴，我是真的……，老爺他……老爺他對我的好，我願意做牛做馬來償還……。」

「我知道、我相信。」

唐妹很久沒看到母親哭泣，本能的離開文賓的懷抱，偎向母親安慰她。

「敏姨，我瞭解妳是真性情的人。這裡有些錢妳先拿著，我想這些年來，妳也受了這宅子裡的人不少恩惠，這些錢給妳打點一番。我明早就來接妳回家，妳覺得好嗎？」

文賓的細心讓淑敏安心不少，她擦乾眼淚、點點頭。「好、很好。」

文賓又抱起唐妹，決定以後要好好的寵愛她。

「阿妹，大哥養了很多漂亮的小鳥，明天帶妳回家看好不好？」

唐妹興奮的點點頭。

「阿妹好乖、好漂亮，以後大哥要煩惱，不知道哪一家的公子才配得上我們阿妹。」

唐妹聽懂而滿臉羞紅，更惹得做大哥的開懷大笑。

文賓臨走之前又細細的叮嚀淑敏一遍，放了心才打道回府。他一離開，淑敏就向紅蓮說明他的來意。紅蓮自是替淑敏高興，同時也婉拒了她的回饋。不久全宅子的人都聽到這個好消息，皆認為淑敏終於苦盡甘來了。

當天黃昏，淑敏又有另一位訪客，當她一看到李家總管源叔，一早累積下來的好心情立刻消失得無影無踪。她早該知道自己太過天真了。即使文賓在外另建小屋給她們母女倆獨居，只要用到李家的一分一毫，心胸狹小的李夫人也絕對不會善罷甘休。一個家裡如果成天吵吵鬧鬧、明爭暗鬥的，對唐妹也沒有好處。只是唐妹不能認祖歸宗，得委屈她背負著私生女的罪名。

源叔見到淑敏，仍是恭敬的先請安。「三姨娘，很多年不見了。這些年妳過得好嗎？」

淑敏可有可無的點點頭。「還過得去。」

源叔是個老實人，不擅口才，他坐立不安的想不出多少客套話。雖然滿心不願意，也不得不執行主人的命令。他取出一個沉甸甸的錢袋放在桌上。

「姨娘是聰明人，所以我也不囉嗦了。今天中午少爺跟夫人提起要接妳回家的事，夫人她……，呃，有點不太高興。他們爭執了一會，少爺這一次非常堅持，不顧夫人的反對一定要做到對老爺的承諾。雖然夫人表面上是讓步了，其實姨娘應該也多少瞭解一些夫人的個性，我們做奴才的也不能批評主子什麼。夫人對妳一直都還懷恨在心，更不想讓妳進李家大門，所以私底下拿了一些錢要我轉交給妳，希望……姨娘能到個安靜的地方做個小買賣。」

淑敏一向是體貼下人的，所以她也讓源叔好交差。「源叔，你放心，明天天一亮我就離開這裡。你最好先找事把阿賓絆住，讓他近午時再來。」

源叔突然「哇」的一聲哭出來，雙膝跪在淑敏的面前。淑敏趕緊屈身安慰他。

「源叔，不要這樣，快起來，不好看啦。」

源叔大概平日裡氣管就不太好，邊哭邊說的，喘得很厲害。「我……我一定要說，我覺得老爺好可憐。他生前是個大好人，可是……可是死後卻沒人替他完成唯一的心願。他待我那麼好，我卻辜負了他的重託，哇……。」

源叔無能為力的遺憾與懊惱的眼淚，讓淑敏更加的感傷，她不禁的想到：古來多少忠臣君子，因為旁人的一個小舉動而委屈了一生。人生在世，因人與人之間互動的關係，俗世名利的限制，有多少人真的可以掌握自己的命運？如同她和源叔受著李夫人的撥弄。現在，唐妹原本有機會可以過富家小姐的生活，成人之後嫁個好人家，幸福的過一生，可是卻躲不過人為的嫉妒，這是多大的轉變啊。

現實的無情像桌上的錢袋，正悄聲無息的粉碎淑敏最後一點做人的尊嚴。

※ ※ ※

淑敏現在身邊有了不少錢，做個薄利穩當的小生意應該不成問題，她在心中有了一個初步的想法之後，便向紅蓮說明事情的原委跟去意。

兩人的心裡都明白，這一次的離開，為了唐妹清白的一生是不可能再回來這裡的。紅蓮的心底一直很清楚唐妹是無法在趣春園裡正常的成長，如今時候到了，她還是克制不住不捨的苦澀，淑敏則是有恩難圖報的愧疚感。

「這幾年，唐妹多虧姐妹們的疼惜才沒有吃到苦，我實在不知要如何回報。但是，如果回李家鬧得全屋子不安寧，除了大家受累也給人看笑話；留在這，以阿賓善良的個性，他是不會死心的。離開這裡是最好的辦法了，只是沒機會償還姐妹們的恩情。」

「淑敏哪，妳不要老是惦念著這些。今天我們有機會可以幫妳也算是一種緣份，就像現在我們緣盡了，留也留不住妳們了。」

「紅蓮姐，我不是忘恩負義的人，希望妳能體諒我這做母親的苦心。」

「我知道，我也疼唐妹，怎麼會不瞭解呢？妳們明天一大早就要離開，還是早點歇息吧。今晚可不可以讓唐妹跟我睡？」

「當然可以，妳是她的義母啊。」

唐妹還不知道母親的決定，她幼小的心靈雀躍著盼望明天的到來，可以再見到慈祥的大哥帶她去賞鳥。晚上母親叫她跟義母同寢時，她也不覺得有異樣，如同往常歡喜地爬上紅蓮的梳妝臺，玩弄各種款式的珠寶首飾。

紅蓮縱容的說：「我們唐妹注定是富貴命，才能將珠寶當玩具。妳喜歡哪一個？」

「每一個都很漂亮，我都喜歡。不過，我最喜歡的還是跟義母在一起。」

「瞧妳這小甜嘴，義母總算沒有白疼妳。」

紅蓮打開蜜餞盒任唐妹吃個盡興，小孩吃得甜滋滋的，渾然不覺大人的離別苦。

天未亮，淑敏便喚醒唐妹起床梳洗，唐妹還想著再過一會兒就可以見到大哥，興高采烈的穿戴整齊，乖乖的坐在屋裡等。一直到母親打包好行李，深鎖眉頭緊握她的手久久不放，她才感覺到事情不是如自己想像中一般。

「唐妹，我們今天要離開這裡，以後不會再回來了。」

「我們要去找大哥嗎？」

「不是。」

「可是，大哥說要來接我去看小鳥。」

「妳還小，有些事娘還不能跟妳說。但是妳要聽話，娘這麼做都是為妳好，知道嗎？」

「那我們還能見到義母跟阿弘叔嗎？」

「娘也不知道，只有看老天爺的安排了。」

唐妹不敢再多說話，也不敢任性的要求母親，只是如往常一樣順從的點點頭，忍住在眼眶裡打轉的淚水。淑敏這才發現，自己以前實在太忽略對唐妹的疼愛，才會造成她小小的年紀就有內斂忍耐的個性。

等出了大門，唐妹終於忍不住滑落淚珠，但仍不敢放聲大哭。紅蓮塞給她一條金項鍊，最後一次擁抱她。

「唐妹，不要忘了義母，長大以後有機會來看看義母，知道嗎？」

阿弘平靜的將一包點心遞給淑敏，說是給她們在路上充飢的。然後扶起淚眼婆娑的紅蓮，輕聲勸她不要太激動，以免她們母女倆離開得太難過。淑敏交代紅蓮，若是文賓問起她們的行蹤，就說她們往北方去了。其餘感恩的心、不捨的情都盡在不言中了。

※ ※ ※

淑敏牽著唐妹慢慢的走向碼頭，途中還特地繞至李府大宅，望著曾經熟悉的後院圍牆，心中盤旋著昔日美好的感覺。她低頭輕描淡寫的向女兒解釋。

「妳大哥現在就住在這裡面，妳原本該是這家的小姐，可是妳大娘不喜歡我們，所以我們只好去別的地方住。」

那為什麼不能住在趣春園？唐妹不敢問出口，害怕會增加母親的負擔。雖然她隱約感覺到趣春園和一般人家不同，不過只要能跟疼她的義母及阿弘叔住在一起，她才不在乎別人會怎麼想。但母親她不會懂的，大人做事有太多奇怪的顧慮。

與母親站在碼頭上，看著各式各樣的人來來往往，第一次接觸到這麼多的陌生人，從不知道世界原來如此遼闊的唐妹，下意識更加握緊母親的手。

淑敏四處張望，無法下決定要往何處才好。忽然有一隊人等著要擠上一艘漁船引起的騷動勾起她的好奇，便上前詢問船要開往何處。船主向淑敏道盡有關臺員（臺灣）的一切優點：四季如春、雨水豐沛、佳木蔥蘢、繁蔭可愛、土地肥沃啦……，是有意開墾新生活的理想地。由於說中了淑敏的心事，她大膽的橫下心，繳了錢上船，航向無法預知的土地及未來。

第二章

明朝萬曆年間，連年內亂再加上閩南乾旱，在顏思齊、鄭芝龍等人的號召之下，由唐山移至臺員（今臺灣）的民眾日趨增多。至萬曆末、天啟初年時，在臺的漢人已有兩萬多戶、十幾萬人之多。

另一邊的西方世界，自從哥倫布發現美洲新大陸以後，歐洲各國的海權便凌駕在東方之上。十六世紀初葉，歐洲人即競相航向遠東，葡萄牙佔據澳門、西班牙佔領呂宋、荷蘭佔有爪哇……，一時海上爭雄，各有千秋。

西元十三、四世紀，荷蘭屬於封建割據時代。一五五五年受到西班牙統治，不但稅賦重，宗教上也深受迫害。一五六八年，由奧連齊家族的威廉大公領導發動獨立戰爭，在一五七九年，北部七個省聯合成立共合國。長期的戰爭激起了人民的愛國情操和積極的勇氣，荷蘭人開始向世界各地拓展貿易、擴疆拓土，因此帶來了海運發達、商業繁榮的豐碩成果，並使荷蘭進入黃金時代，成為誇耀於世的航海國家。

西元一六〇二年，荷蘭在印度成立荷蘭聯合東印度公司，作為其侵略東方的工具。一六一九年在巴達維亞成立主管處，領地包括巴達維亞、爪哇、婆羅州及新西蘭。

明萬曆三十二年（西元一六〇四年）五月間，荷蘭聯合東印度公司提督韋麻郎會唔漢人奸商潘秀、郭震、李錦等，並受其所慫恿，毅然率領艦隊侵入澎湖。奸商提議用厚重金銀賄賂朝廷，以換取從事商業交易的權益。守將陶拱聖大怒，將一干奸商人等打入大牢，荷蘭由於接濟路窮，士兵們無所得食，十月末揚帆而去。

過五年，荷蘭方面又駕兩艘兵艦至澎湖，但是當時明廷派駐澎湖的兵士皆已返回大陸，而荷人本擬久居，後因無所作為而放棄。

明天啟二年（西元一六二二年），荷蘭派兵艦六艘、載兵兩千名意圖捲土重來。後來攻打媽港（今澳門）失敗，遂再度趨往澎湖，登陸媽宮澳，掠奪往來漁船六百多艘，共擄漁民一千五百多人，押至各小島建造防禦工程，每人每日僅發米半斤，竟餓死一千兩百多人。待島上碉堡完工後，又將剩下的漁民載回巴達維亞賣為奴隸。在澎湖上船時原有兩百七十八人，到目的地僅剩一百三十七人，罹難者多在途中遭到虐殺或生病死亡。

荷蘭人佔領澎湖後，勾結海盜李旦，出沒中國沿海各地。隔年侵犯廈門時，遭到守城官兵抵禦，俘斬荷軍數十人，濱海郡邑並因之戒嚴。

翌年八月十五日荷人乞和，允予退出澎湖。同年十月二十五日，荷蘭率兵艦兩艘進入臺江，登陸並佔領臺窩灣（今安平）。臺江北闊南狹，闊約六里餘，長達三十里，內有十一座小沙島，為汪洋浩瀚可泊千舟之大港灣。

荷蘭人自澎湖移臺後，商務日趨繁盛、人口激增，原先的領地已無法容納。天啟五年（西元一六二五年）八月二十七日的決議錄記載：「商館（荷蘭聯合東印度公司）現址係建築於瀕海之沙丘上，地無甘泉及其它之必需用品，實感種種不便，誠不適久居。唯其本土，平野寬闊、地質極佳、物產豐饒；鹿、山羊、山豬、雉、兔滋生群，附近且有廣大之池沼，多產鱗類，取之不竭。萬一海道被阻，糧食斷絕，則公司所有人員及吾輩均可飽食不虞缺乏。」至此，荷蘭人正式登往臺員內陸，開始其長達三十八年的對臺經濟壟斷剝削統治。

※　※　※

曙光乍現，唐妹帶著母親和自己換洗的衣物到公用洗衣池。與眾不同的身世養成她謹言慎行的個性，她不愛聽某些三姑六婆惡毒的批評：哪家媳婦不孝啦；誰又虐待媳婦；或誰不知恥的和誰眉來眼去的啦……。她照例靜靜的避開眾人的喧嘩，選在最邊的角落默默地工作。但仍躲不開今天轟轟烈烈的討論向她襲來。

首先發難的又是阿松嬸。她是標準的長舌婦，別人的大小事她都要過問；旁人在說話她一定要插嘴；傳播謠言時一定要添油加醋的才能表達得淋漓盡致，渲染得唯恐天下不亂。

「唉，我跟妳們講，現在世道不好，連妖怪都跑出來了。」

「阿松嬸啊，七早八早的光天化日之下，妳不要把我們嚇得無力做事啊。」

「哼，妳當我那麼缺德啊？我還想長命百歲呢。是昨天下午阿勇他娘要去菜園裡摘菜，突然跑出好大一隻妖怪，嚇得阿勇他娘當場昏倒，差點魂飛魄散，醒來之後久久不能說話耶。」

「哎喲，嚇死人了。大白天的就……。」

一群婆婆媽媽正被唬得一愣一愣的，阿松嬸立刻乘勝追擊。

「妳們想想看，烈日之下這個妖怪也敢跑出來，一點都不怕人，可見牠的道行有多高。昨天若不是阿勇他娘在昏倒之前大叫一聲，引來正在附近的阿旺伯，說不定整個人就被那隻妖怪給吞得連個肚兜都不剩呢。」

阿松嬸的口無遮攔馬上引來一陣笑罵。

「阿松嬸，不要害年輕的閨女害臊得沒力氣洗衣服了。」

「那我要趕快洗好回家，免得妖怪來了。」

「要記得躲在丈夫的下面，有人頂著才穩當喲。」

「妳膽子真大，這種話也敢說，我看連妖怪都會怕妳哦。」

「喂、喂，阿勇他娘來了。喲，還帶著她的孫子耶。」

遠處美枝牽著八歲大的孫子做伴姍姍而來，人還沒坐穩，三姑六婆就迫不及待的開腔了。

「美枝啊，聽說妳的身子欠安，怎麼還出來洗衣服呢？」

文靜的美枝自知逃不過這一頓口頭上的折磨，只好勉強的裝笑臉回應。

「沒辦法，家裡頭的工作實在太多了，反正我還做得來，多少可以分擔一些。而且我媳婦又有五個多月的身孕，不方便蹲下來做事。」

「妳真是個好婆婆，只是多辛苦了。」

「自己一家人說什麼辛苦，都是應該的。」

眾人拐彎抹角的就是不敢直接提到正題，還是阿松嬸人機伶、臉皮夠厚。

「美枝，聽說妳昨天昏倒了，是不是工作太累了？」

「這……。」美枝踟躕著不敢開口。昨天發生的事大家都已經知道七、八分了，如果撒謊，不但會招來白眼、失去大夥的信任，以後還會受到嚴重的排斥；說實話又怕眾人不相信，以為她得了失心瘋，實在是左右為難。她只好模稜兩可的說：「其實是我昨天太累了，有些……眼花，所以……那個人又突然跳出來，就……就……。」

「既然是人，為什麼聽到阿旺伯來就跑了呢？」

「這……。」

「美枝啊，我們做鄰居這麼多年了，還有什麼不能說的？妳就將妳所看到的跟我們說，我們也好防範一下啊。」

「是啊，如果抓到那個妖怪也算是為民除害啊。」

美枝禁不住大家的慫恿，只好囁嚅的說：「昨天下午我本來已經摘好菜準備要回屋裡，結果……那個……那個東西無聲無息的突然從樹後走出來，那個東西……那個東西……。」此時回憶起來還餘悸猶存，眾人屏息以待下文，專注的模樣使美枝不敢再往下說，深怕有人會小題大作、胡思亂想。

「拜託一下，不要再吊我們的胃口，妳說的那個東西到底長什麼樣子？」

「那個東西長得像人，應該是公的。個頭很高，要仰頭才能看得清楚；手腳很長，像我們一樣也有五根手指，然後……然後牠全身都是毛，很長的毛……而且是金光閃閃、瑞氣千條的。」

群眾立刻發出一陣此起彼落的討論聲。

「那還是人嗎？」

「怎麼會有長長的金毛？」

「那豈不是金絲猴？」

美枝的孫子原本在一旁玩打水飄兒，這會兒也跑來湊熱鬧。

「阿嬤，我知道了。」他先高聲吸引了眾人的目光，然後再鄭重的宣佈。「妳看到的一定是齊天大聖孫悟空。」

思緒完全被牽著走的眾人先怔忡了一下，再一致轉向美枝求證。

「應該不是吧，因為……因為……。」美枝說出最令她膽顫的一點。「牠的眼睛會發出青光……。」

美枝話還沒說完，大夥兒不約而同的發出驚慌的尖叫聲，立即收拾手邊的工作，爭先恐後的各自跑回家，口中還不斷的唸唸有辭。

「天要塌下來了，大白天的鬼就敢跑出來四處晃。」

「阿彌陀佛、阿彌陀佛……。」

唐妹原本不是瞎起鬨的人，但一時之間只剩她一個人待在空曠的地方，不免頓覺寒意颼颼，最後的一絲勇氣也風消雲散。她胡亂的收拾衣物，提了一桶水就快步走回家。

※　※　※

唐妹下午放工時，照常先將在回家路上沿途撿拾的柴火堆放在廚房，再回前廳向母親問安。她在廚房時便聽到前廳傳來說話聲，她往裡頭一瞧，在座的除了母親以外，還有阿材叔、春玉嬸及有義嬸。

阿材是個無親無戚的侏儒，平日靠著一雙巧手做木工為生。十年前淑敏誤信船家的遊說，牽著唐妹勇闖世外桃源，漫無目的的流轉在臺員。幸虧遇到阿材幫她們找到落腳處，淑敏安定下來的第一件事，就是到由移民臨時搭建的觀音寺上香。她添了不少的香油錢，只求神明保佑唐妹能夠平安無事的長大成人。後來淑敏靠養雞維生的計劃失敗，還是阿材為她介紹到一家甘蔗園幫傭。直到三年前淑敏的身體微恙，大夫診斷出患有肝疾，她的工作才由唐妹接手。這些年來阿材幫了淑敏母女倆不少忙，唐妹早已將他當成是自己的親叔叔般敬重。

春玉早年守寡，唯一的兒子三年前出海捕魚之後便下落不明、生死未卜。她不但是淑敏最近的鄰居，為人和善、思想單純，平日更是淑敏的好友良伴。

有義嬸則是職業媒人，自從她去年上門替惡名昭彰的陳明輝大少爺提親，想納唐妹為妾被淑敏婉拒之後，唐妹每次看到她心中便有些不悅。因為淑敏的身子虛弱，唐妹每個月都得上大街抓藥，她為了怕母親擔憂，不曾說出多次受陳明輝的騷擾。她也知道以陳明輝敢在大街上輕薄良家婦女的行為來看，他對女人絕無真心誠意。而且他整日除了追逐女人之外，更是不事生產，縱有祖產也無法令人安心的依靠。

唐妹聽到前廳傳出的第一句話是母親說的。

「妳說，美枝看到的不是鬼怪？」

有義嬸豪邁的大嗓門馬上接著說：「我吃到這把年紀還不曾聽到有誰真正看過那些髒東西。美枝她是沒出過遠門、沒長見識，剛好阿松的女人最會打腫臉充胖子、指鹿為馬、少見多怪了。如果我猜得沒錯的話，她看到的一定是紅毛夷。」

「紅毛夷？」阿材除了有一間木工店以外，也會到府修理東西，所以他比較有機會遊走鄉里，消息也比較靈通。「他們不是都住在外海嗎？」

「是啊，不過前一陣子搬進內陸了，現在他們正合力趕工，想建一條新市街。唉，這些紅毛夷也真奇怪，不管走到哪裡都要跟人家做生意，對方若是不肯就要和人開戰，偏偏又打不贏人，簡直就像蠻橫不講理的小孩子。聽說他們是因為在唐山吃了敗仗才退到臺員的。」

「那他們是從哪裡來的？」

「這個就遠了，聽說坐船要好幾個月。」

「冒這麼大的風險，跑到這麼遠的地方來做生意划算嗎？」

「誰會懂得這些紅毛夷是怎麼想的。你們都不知道他們的風俗有多奇怪，拜的神居然是個沒穿衣服、要死不活的男人，而且還喜歡用刀子吃血淋淋的牛肉。你們想，這根本就是野蠻沒文化嘛。」

淑敏和春玉馬上陷入震驚當中，腦海裡描繪著一幅裸體長毛野人吃生肉、飲鮮血的畫面。

阿材畢竟是男人冷靜多了，他用洞悉的語氣說：「妳特地來，不會只為了嚇唬我們吧？」

有義嬸被識破了企圖，有些不好意思的笑笑。「你們都知道的嘛，我是閒不住喜歡管閒事的人。我曉得去年我來為陳少爺提親時，你們都不太高興，淑敏也一直強調唐妹是不作妾的。但是今天早上陳少爺又來拜託我，我覺得他說的也有道理，所以才厚著臉皮再來一趟。我知道村子裡有很多小伙子都很愛慕唐妹，你們也瞭解老人家的想法，總認為太過美麗的女人容易招來禍害。雖然說大家都很疼她，但是若要招來做媳婦自然又另當別論了，所以到目前為止也只有陳家大少爺那種土霸主才敢來提親。可是現在局勢不同了，如果紅毛夷只是吃吃生肉那也就算了，更可惡的是他們竟然強娶我們的閨女。像唐妹這樣的美人兒怎麼藏得住？若不是情勢逼人，這麼乖的孩子又有眾多長輩愛護著，我哪敢、哪忍心蹧蹋她？」

有義嬸一說完，屋裡便瀰漫著一股愁雲慘霧。

淑敏雖然經過歲月的摧殘，但是美麗的五官仍然有跡可循。她幽幽的開口：「我們只曉得安份的過自己的日子，卻傻傻的冀望別人和我們一樣，等到我們有所警惕時，天地都已經顛倒了。」

有義嬸立刻把握機會展開她的遊說工作。「淑敏哪，雖然說陳大少爺為人不太正經，但是人家到底是財大氣粗，我們明媒正娶的嫁過去，可也有不愁吃穿的好日子過，唐妹更有男人可以保護，不用怕紅毛夷來騷擾。」

「妳不是說紅毛夷不講理嗎？如果真有事，只怕陳少爺連自己都保不住。」

「是啊。」春玉即使是說反駁的話，語氣仍是溫吞吞的。「亂世之中誰能浮、誰要沉，沒人能預料，單靠家財萬貫是不夠的。」

有義嬸被說得居於劣勢，猶做垂死掙扎。「我們總要做好準備呀，一旦紅毛夷開始四處搜刮的話，唐妹一定難逃此劫的。」

阿材嘆了一口氣，看看女人們都苦無良策才開口：「有件事我本來不想提，因為我知道淑敏妳一定不會答應。不過照目前這個情況看來，不妨說出來參考衡量一下。前幾天養豬的阿采想請我說媒，她想討唐妹做媳婦。」

「不行！」有義嬸第一個反對，除了自己的利益也有愛護唐妹的成份。「雖然說寡母帶孤子要精明些才好過日子，但阿采實在是厲害過了頭。而且她的兒子阿雄人有些痴呆，看到女人只會流口水，一點主見也沒有，完全聽他娘的擺佈。阿采就是算準了沒人夠格敢娶唐妹，她兒子又沒有姑娘家肯願意委屈下嫁，才會痴心妄想的動這歪腦筋，唐妹如果嫁過去，一定會被婆婆欺負的。」

就像一場辯論會，代表正方的阿材接著說：「就算唐妹嫁給陳家那個敗家子，有好日子也不會長久。阿雄的人品雖然差了些，最起碼的還肯做事，倒也不至於壞到哪裡去。關於他阿娘，只要我們幾個老的還在，相信她也不敢做得太過份。」

對於自己的命運，唐妹忐忑不安得不敢再聽下去。她走到廚房準備起火煮飯，一邊動手一邊想著對阿雄的印象是：總是像個小孩似的對母親亦步亦趨，而且好像全身長滿了臭蟲，常常要上下抓癢才舒服，偶爾還大聲唾痰，一副污穢得讓人不敢靠近的模樣，聽說旁若無人時，他還喜歡像小孩般的吸吮姆指。

唐妹認為，如果為了擺脫目前的處境而隨便下嫁給自己不喜歡甚至有些厭惡的人，並且還得戰戰兢兢的去適應別人的家庭，那還不如留在家裡服侍自己體弱的母親。反正，誰知道婚後的際遇會不會比現在差呢？

屋內的四個大人一直討論不出一個大家滿意的結論，唐妹的婚事就暫時被擱下來了。

※　※　※

這天唐妹只上半天工就向洪老爺告假，準備到大街替母親抓藥。臨出門又被好心的廚娘喚回，在臉上抹了兩把灰並戴了頂寬大的斗笠才出門。

一旁年方七歲的洪小姐很天真的說：「我真希望像唐妹姐那麼漂亮，這樣就會有男人一直看著我、對我笑了。」

正好路過的洪夫人聽見了，便責罵她：「妳這孩子不好好學家事，專揀這些不三不四的話來講，給別人聽到了會說妳沒口德，也會誤以為唐妹不是好女孩。以後不許再這麼胡說了。」

小女孩沒有心機，不甘心受冤，直接的回嘴：「我才沒有胡說，本來就是這樣。」

「怎麼樣？」

「大哥每次一看到唐妹姐就好高興，然後便會一直看著她……。」小女孩看到母親的神色不對，趕緊住口不敢再往下說。

洪夫人這時才明白為何兒子總是百般挑剔自己所提議的婚事。雖然唐妹是個不錯的女孩子，任勞任怨、逆來順受，是好媳婦的典型。但是娶了她就得附帶照養她體弱多病的母親。而且淑敏絕口不提過往之事，必有不可告人之處。即使可惜了這樣一個好女孩，洪夫人還是決定明天一定要逼兒子定下終身大事。

唐妹完全不知道自己剛失去一個好姻緣，她一路上心神不寧，老想著美枝被紅毛夷嚇到的模樣，一不注意就撞到來人，她趕緊彎腰道歉閃邊過，手腕卻被一把蠻力抓住。她抬頭一看又是陳家大少爺，後面還跟著一個狼狽為奸的家丁。唐妹不禁心火上衝，怒目相對。陳明輝硬是笑瞇了一雙賊眼。

「哎喲，我的心肝唐妹，怎捨得把臉塗成這樣？不過呢，妳這窈窕的身段在臺員可是無人比得上的。來嘛，不要怕、不要躲，久沒見到妳，讓我好好抱一下。」

陳明輝說著便欺身上前，唐妹則努力的想掙開他的箝制。

「陳少爺，是男子漢就不該欺負女子。讓我過去吧，我有急事要辦呢。」

「嘖、嘖，瞧妳一副忠貞烈女的威風多嚇人啊。女人家嘛，要柔軟嬌嫩、溫柔多情才討人愛呀。來，我教妳。」

「不要，你放手，救命啊！」

地方上的人皆知唐妹沒有男性親屬，而強出頭的阿材也是孤家寡人一個，所以陳明輝是有恃無恐，根本不理會唐妹的抗議掙扎。

突然一聲暴吼，所有的人都停止了動作，並且莫名其妙的僵在原地。陳明輝憤怒的轉身想好好的教訓敢膽破壞他好事的白痴，結果他反被對方嚇得連退三步，連帶放鬆了抓住唐妹的力道。

唐妹掙脫了束縛好奇地探頭一看究竟。她第一個想法是鄉野傳說中的妖怪出現了，然後才想起阿材叔所說的紅毛夷。難怪他們被稱作紅毛夷，她第一次見到如此高大的人，尤其是那個出聲的黑人，壯碩得彷彿徒手就能將人一拳打死。

她目巡一遍大隊人馬，最後眼光落在那個高踞黑馬的洋人時，整個人便被恐懼懾住了，再也不敢移動分毫。他的五官雖然端正，但是一雙半透明得詭異的眼珠子好像可以深入一個人的靈魂，看透她過去所做的壞事。

唐妹直覺他一定是這群人的頭目，因為他的神情不像其他人一樣充滿警戒，而是滿臉的不耐煩，好像面對的是一群揮趕不去的蒼蠅。果然，他輕聲的向通譯交代幾句話後，好像沒事發生似的策馬離開現場。

通譯林世金，原本以替人代寫書信維生。也許是因為讀過幾年書，思想比較具有前瞻性。打一開始紅毛夷在外海落腳、他便主動上前與他們打交道。

現在他很婉轉的告訴陳明輝，這位洋大人最痛恨欺負女子的男人，希望陳少爺日後能夠好自為之。

陳明輝當然懂得識時務者為俊傑，他雖然很不甘心當眾受辱，但想來日方長，世事難料，不愁沒有報仇的機會。

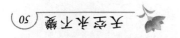

第三章

法奧農．格裴修，有著深金色的頭髮及碧綠的眼眸，是世襲的候爵。他的底下還有早婚的大弟和被母親寵得毫無責任感的小弟。由於是貴族家庭裡的嫡長子，他自小就被培養大膽自信的氣質。航海技術精進後，更喚醒他血液中好奇激動的基因，拉著自小一起長大的玩伴兼護衛勞吉遨遊天下，準備探索世上所有的奧秘。

一次在埃及的奴隸拍賣會上，他遇見現在死忠的黑人護衛阿古。當法奧農第一眼看到他時，心底既驚喜又納悶。這個奴隸不但孔武有力，更具有戰士桀驁不馴的氣度，他的主人怎麼捨得出賣呢？直到他高價買下後才發現，阿古不但做事自有主張，而且食量大得驚人，一旦肚子餓了，脾氣更是暴躁到簡直是六親不認。還好他豐富的航海知識和英勇的表現蓋過這些缺點，讓法奧農慶幸自己深具不凡的眼光。

自從公元一五九〇年，葡萄牙人經過臺員將「福爾摩沙」的美名傳遍歐洲，法奧農就決定此生一定要揭開在這世界舞台初嶄頭角的美人的神秘面紗。沒想到才第一天的探險，他就因為受不住暑熱而裸露上身，結果嚇暈了一個可憐的老太婆。當他把這件事看作笑話告訴勞吉和阿古時，因為長期的共患難生涯，早就使他們摒除身份地位的差異，馬上討來勞吉一頓好罵。

「您就不能小心點嗎？為什麼總愛一個人四處亂闖？」

法奧農從小搗蛋的後果都由勞吉去承擔，所以養成他杞人憂天的個性。法奧農有時也會針對他這個弱點而捉弄他。

「我一個人？」法奧農的貼身僕人正在幫他剪頭髮和刮鬍子，他一激動想起身，立刻又被按回去。「因為每次我一出門，你都要把排場搞得驚天動地的，把人和動物都嚇跑了，害我什麼也看不到。還有你們真是越來越放肆了，竟然趁著我在午睡時偷溜出去追逐姑娘。」

「什麼追逐？」阿古是有怪異幽默感的冷面笑匠。「我們只是想比較此地的娘兒們和爪哇的有什麼不同。」

法奧農很不認同的冷哼了一聲。

勞吉苦口婆心的裝出謙卑的樣子。「我們只是希望您能記取教訓。」

法奧農一臉茫然。「什麼教訓？」

「婆羅州的毒箭之旅。」

「看在老天爺的分上。」法奧農不耐煩的揮揮手。「那次有那麼多人在一起狩獵，誤放箭是難免的嘛。」

「一般人是不會攜帶毒箭來參加打獵。」

法奧農輕鬆的聳聳肩。「也許是我們驚擾了附近的土著。」

勞吉已經急得有些咬牙切齒的。「如此一來，我們早就屍骨無存了。」

「我放棄，這個問題我們已經討論過太多次了。擔憂和恐懼已經影響了你的判斷力。」

「而自大讓您看不清週遭的環境。」

法奧農明白勞吉對自己的忠誠，為了不想傷害他的好意，他順勢的轉移話題。

「說到週遭的環境，我希望你們像我一樣解決掉身上多餘的毛髮，免得被當成猴子烹個猴腦鮮吃。對了，順便叫『小親親』過來，等我恢復迷人的原貌後，需要他當我們的嚮導，我要好好的瀏覽這個世外桃源。」

林世金怎麼也沒想到他的名字發音，竟然能為法奧農三人帶來些許的娛樂效果。剛開始，法奧農總是喚他做林世「親」，逼得他不得不紅著臉解釋「親」字的曖昧意思，這下子反而正中了三人的下懷。從此，「小親親」就成了林世金的別名。

※ ※ ※

唐妹並沒有將自己遇見紅毛夷的事情告訴母親，只是常常會想起那雙冰冷無情的綠眼睛，心頭上老纏著一股揮之不去、未明的恐懼，她總覺得冥冥中奴隸的宿命似乎在等著她。

這期間，淑敏考慮到唐妹的安全，想儘快的替她安排婆家。因為淑敏衡量的前提是不作妾，而一時之間也沒有其他的提親者。她猶豫了幾天，為免耽誤時機以致於唐妹落入紅毛夷的魔手，所以只好心痛又無奈的允諾了阿采所提的婚事，雙方預定一個月後嫁娶。

過了幾天又是唐妹該到大街抓藥的日子，正好經營茶莊的盧老爺添了千金，由於這次的新生兒是盧府的二千金，所以喜慶並沒有大肆鋪張，洪老爺吩咐了一些禮品要唐妹順道送過去。

唐妹將賀禮交付管家之後，為貪省幾步路，改由後門出去。她經過後花園時，盧府的兩個小少爺正在玩繡花球。小孩玩球不知輕重，較大的孩子一不小心將球過力的往上拋，球落在老榕樹的枝椏上下不來。他四處張望要找僕人，看到唐妹便不由分說的喊她。

「喂，妳這醜丫頭，過來替我把球拿下來。」

唐妹不曾爬過樹原本不想理會，但是為了顧及洪老爺的面子，只好硬著頭皮上陣。

由於她很少爬高，加上球又卡在樹端上，當她踩在較細的分幹上時，整個人搖搖晃晃的，看得底下的兩個小男孩嚇得不由自主的後退兩步，唯恐她掉下來壓在自己的身上。

唐妹不敢踩在太細的分枝上，便盡量將上半身往外延伸，她只顧著伸長右手，卻忘了腳底要平衡地站穩，右肩稍一用力腳下便失去了重心，整個人伴隨著一聲驚天動地的尖叫而下滑，腹部猛然撞上樹幹托著身體前後搖擺。兩個小孩一見情況不妙也大叫著離開現場。

唐妹因腹部劇痛難忍，咬緊牙用雙臂殘餘的力氣撐起上半身，放緩急促的呼吸，慢慢收回被嚇掉的力量，再想辦法爬下樹。當某人被她的尖叫聲引來時，她還以為是援助來了。等她迎上一雙晶瑩剔透的綠眼睛，人一驚、手一軟、身子一下墜，只剩兩隻手臂吊在半空中盪來盪去。

法奧農認出這個滑稽地在樹上耍特技的是唐妹時，腳步也頓了一下。他想這女孩真是可憐哪，不但人長得醜，腦袋也不怎麼靈光，才會惹了這麼多的麻煩上身。雖然他沒有耐性應付愚蠢的人，卻不能見死不救。

法奧農壓下心中的嫌惡，張開雙臂，用有限的河洛話說：「妳不要怕，呃……掉下來，呃……我會『切』妳。」

唐妹又急又怕，阿材叔沒說紅毛夷會吃人哪。可是眼下又沒有其他的人可以求救，而自己的臂力已經快要撐不下去了。

法奧農看這女孩呆得不會解救自己脫離險境，便轉身想去找個漢人來幫忙。說時遲那時快，唐妹就重重的摔在他的身上，兩人在地上滾了幾圈之後，法奧農就結結實實的壓在唐妹的身上。

法奧農衝上腦門的第一個念頭是，這女孩竟有迷人的淡淡花香的體味，一時之間使他忘了要趕緊起身。

而唐妹則是嚇得腦海一片空白，手腳僵硬得不敢亂動。生平第一次如此被男人親近，又怕對方的一口白牙會咬斷她的咽喉，她屏住呼吸緊閉雙眼聽天由命。

直到一群僕人的尖叫聲才驚醒兩人。唐妹發現醜事被人目睹，心裡真是又羞又怒，她看法奧農沒有進一步的舉動，便大著膽子放手一博，毫不留情的使盡全力搥打他，並將他一腳踢開，頭也不回的跑出盧府。留下還處在驚艷愕然中的法奧農。

※　※　※

因為人有一張可以搬弄是非的嘴，再加上兩條可以四處走動的腿，所以唐妹的醜事很快就傳開了。

隔天下午，阿采氣極敗壞的向淑敏講了一大堆難聽的話。說是既然唐妹的身子已被紅毛夷蹧蹋了，自然就配不上她的兒子，為免以後遭人恥笑，所以她決定先休了這未過門的媳婦，所下的聘禮也要如數追回。

淑敏只能苦著臉靜聽對方的數落，還得一直賠不是。

唐妹放工回家知道婚事取消了以後，反而鬆了一口氣。不但擺脫了過分嚴厲的婆婆、令人感覺不舒服的夫婿，更可以留在母親的身邊照顧她。唯一讓她困擾的是，每回出門上工或洗衣打水，人們看到她就好像見到瘟神般的趕緊自動迴避，或馬上停止竊竊私語。

阿材也很煩惱，自己疼愛有如親生女的唐妹受到眾人的排斥，他卻無能挽救她的名譽。

一日他經過市集時，耳聽地聽到一群婦人在議論。

「聽說他們兩個抱在一起，合得密密的。唉，真是可惜了這樣一個標緻的好姑娘。」

「不對，聽說還沒有被人發現之前，她都沒有掙扎。照這樣看來，這個女孩很精呢，馬上就迫不及待的巴結紅毛大人。」

阿材聽了幾句，氣得衝上前大罵：「妳們這些三姑六婆，一張嘴就能害死人。當時的情況所逼，唐妹也是不得已的。她家裡還有生病的母親要孝順，妳們這樣惡意破壞她的名聲，到底要她怎麼做妳們才會滿意？叫她去死嗎？啊？」

眾人都知道阿材很寵愛唐妹，才會出面維護她，而唐妹一向乖巧也是大家有目共睹的。大夥兒自知理虧不該逼迫她至絕境，也就各自靦腆地散去，留下阿材在原地唉聲嘆氣的跺腳。

阿材垮著肩膀，漫無目的的踱步，不知不覺的走到碼頭邊。他望著興建中的新市街出神，不停的搖頭嘆氣。想著以前漢人初來臺員時欺負平埔族番仔，現在遠來的紅毛夷要統治漢人，唉，這世上真的沒有永遠的贏家。想著想著，他的腦海突然抽了一下筋，跳出一個荒謬大膽的念頭。

以前漢人視臺員為蠻荒之地，所知不多，渡海而來的拓荒者多是滿懷壯志與夢想的男丁，一旦他們落地生根以後，很多便與平地的平埔族女子通婚。而以現在紅毛夷大興土木的作法來看，他們必定是有長居臺員的打算，既然當初漢人可以跟視為番仔的外族女子通婚，為什麼紅毛夷不能跟漢人通婚呢？

嗯，好！真是越想越有理。這一想定，阿材打起精神，挺起胸膛準備試試看。

不，等一等，淑敏一定會反對。不過，也要探探紅毛夷那邊的意思如何。

好吧，就這麼辦。如果那隻大金絲猴識趣的話，再來想辦法說服淑敏。

阿材知道那隻幸運猴目前寄居在盧府，他腳步輕快的跑向盧府。

盧府大門有兩個洋人守衛，阿材聽不懂他們用荷蘭話叫他走後門，只好在大門附近徘徊，等著看能不能幸運的遇到法奧農。

阿材蹲在牆角打盹，睡了好一會兒才被一陣馬蹄聲吵醒。他立刻起身上前拉住漢人通譯，表示自己有重要的事要與紅毛大人商量。

林世金驚愕的打量阿材。一般人對紅毛夷是唯恐避之不及，現在竟有人主動找上門，而且是個畏畏縮縮的小老頭。他正想開口，法奧農搶先問是什麼事，他只好據實報告。

法奧農直覺這天真的小老頭是來惹麻煩的，不過還是捺著性子要林世金問明原委。

阿材心想不知道對方的脾氣如何，安全的作法就是先挑好聽的話講，於是他先謝謝紅毛大人前些日子對唐妹的救命之恩。

經過通譯，法奧農認為此事不足掛齒，擺擺手轉身就走。

阿材心一急，想上前拉住法奧農反而抱到他的大腿，嚇得他手腳一縮，又撞上後來的黑人，整個人跌坐在地方一愣一愣的。

法奧農輕嘆了一口氣，猜想這侏儒老人跟那個醜女一定是親戚，因為兩人是一樣的笨拙。

阿材見自己顏面盡失，乾脆一不做二不休的跪在地上，求法奧農給他一個能說話商量的機會。

法奧農很不喜歡東方人的跪拜大禮，又看阿材急得滿頭大汗，一定是有嚴重的事才會甘冒生命危險觸犯他。好吧，他倒也想看看這小老頭能有什麼花樣。

※ ※ ※

法奧農不情願的走向大廳的太師椅，坐下前瞄了眼因強忍住笑而憋得滿臉通紅的勞吉和阿古。由於法奧農的體型較一般漢人高大許多，一坐進太師椅就被卡得動彈不得，自然而然的就擺出一副威嚴得不可侵犯的模樣。勞吉總會取笑法奧農僵硬的表情像是有多年不癒的隱疾。

法奧農清清喉嚨以便掩飾窘態，再從容的指示林世金和阿材可以開始溝通了。

阿材以為法奧農完全不懂河洛話，而通譯者通常都會選擇比較文雅的句子，並且從剛才到現在，這個紅毛大人對自己都沒有動氣，可見他應該是有耐性、包容的修養。於是阿材便放心大膽的直言無諱，以免沒有詳述自己的意思。

「我知道那天你救了我們家唐妹是出自於一片好意，不過呢，有時候事情是越幫越忙的。你要知道，唐妹在我們村裡是公認的孝女，本來她已經跟別人訂親了，結果因為……因為不小心被你蹧蹋了，所以現在被婆家退婚了，她的一生就這樣冤枉的毀在你的手裡。因此，我今天來找你的目的呢，就是希望你能娶我們家的唐妹。我告訴你哦，能娶到我們家唐妹可是你三生三世修來的福氣，你最好不要不識相，因為——。」

林世金實在不敢再往下聽，趕緊『咚』的一聲跪下去。「大人，請允許我私下跟這位老人家談談。」

法奧農不敢置信的瞪住阿材，突然之間他對河洛話的瞭解一點把握也沒有。「是我會錯意了嗎？他剛剛好像有提到……結婚？」

「大人，這其中一定有誤會。請准許我私下與老人家詳談，待我瞭解內情後，一定會據實稟報。」

「好吧，去吧。」法奧農正愁坐得太僵硬，屁股有些痠疼，趕緊揮走兩人起身活動筋骨。

林世金將阿材拖到花園的最角落後才敢出聲。

「哎喲，這位大叔啊，你真是不知不懼，我都快你的大膽給嚇死了。」

「喂，年輕人，你不要瞧不起我們唐妹——。」

林世金急忙的打斷他。「不是的，你知道他是誰嗎？」

「紅毛夷啊。」阿材回答得理所當然，完全不懂林世金在緊張什麼。

「噓，小聲點。他不是普通人，你是不能跟他結親的。」

「為什麼？我聽說很多紅毛夷一來就強娶了很多家的姑娘。」

「你聽到的只是一般普通的士兵水手，這位不但是大人，而且是屬於高官厚爵的貴族。我曾問過關於他們國家的一些官場文化，如果我推算得沒錯的話，根據我們周代古禮的五爵分法，他應該是屬於候爵。」

「什麼？這麼大？」

「是啊，如果他只是泛泛之輩，盧老爺怎麼會大方的把上房讓給他住，還撥僕人給他用，自己卻和下人擠在一起？而且他的年紀也在三十歲左右了，說不定已經娶親了，你這樣冒冒失失的主動上門提親，反而更加敗壞姑娘家的名聲。剛剛還說得那麼……。哎喲，佛祖保佑，千萬不要讓他全聽懂了才好。」

阿材這回嘆氣是為了自責。「我心一急人就糊塗了，忘了考慮他是不是已經成家了。要唐妹嫁給紅毛夷，淑敏可能會答應，但是如果是做小妾就全沒指望了。咦？不對啊，你說他聽得懂河洛話？」

「呃，他現在每天都在學，不過他很聰明，領悟力很高，你剛才說的話，他大概聽得懂五、六分吧。」

「啊？那……那……。」阿材腳一軟，趕緊攀著林世金穩住。「你怎麼不早說？那我現在不就死定了？」

「應該是不會。這些日子以來，我發現他受過良好的教育，人很好相處、很講理，個性也不壞。我不擔心他會亂發脾氣，我最怕的是他會問一大堆莫名其妙讓人無法回答的問題。」

「小兄弟啊，剛才是我一時糊塗。待會兒你可得幫我說說好話，救救我這條老命啊。」

「那是當然的，同是漢人，我一定會盡量幫你。不過等一下進去以後，你可別再多說話了。」

「好、好。」生死關頭之際，什麼都好商量。

兩人進到大廳時，法奧農正好拒絕了漢人僕人端上來的進貢茗茶大紅袍。上次他喝過才明白，為何漢人說茶可以提神醒腦。那麼苦的東西，即使半身不遂的人喝了以後也會被苦得活蹦亂跳。他抬頭望見阿材的臉色，希望「小親親」沒有嚇到那個小老頭，不過也有可能是他自己嚇自己。這些漢人哪，有疑問時都懶得去求證真相，反而被自己猜測的可能性搞得心神不寧。

林世金盡量將事情淡化，說是阿材愛護唐妹心切，而先前又不知道大人的真實身份，才會有結親如此唐突的想法，絕無冒犯、輕視大人之意。漢人有所謂不知者無罪，還望大人寬貸不究。

法奧農聽了林世金的解釋，仍然有如墜入五里濃霧當中。

「你說那位姑娘因為這樣就失節了，所以被未婚夫休掉了？」

「是的，大人。」

勞吉忍不住好奇，忘了身份衝口而出：「你是說，你們漢人只要穿著衣服抱在一起就能結合懷孕？」

勞吉的思想比較呆板，又容易大驚小怪，他認為古老的民族都會有一些神祕不可思議的巫術。比如漢人的把脈，他們三人就摸不出個所以然來，還不斷的嘀咕：人的手不是都一樣嗎？

林世金還沒習慣他們直接露骨的說話方式，一張臉羞紅地縮抵到胸前。

「當然……不是這樣。只是當時大人與那位姑娘的行為是……是只有夫妻才能做的。所以……所以……。」

「好了，我懂了。」

林世金已經羞得連話都說不清楚了，法奧農也不想為難他，但是自己的立場仍然要表示清楚。他認為當時兩人是在不得已的情況之下接觸，實在和曖昧扯不上關係。更何況兩人都是衣冠整齊，在僕人們趕來之前短短幾秒鐘的功夫，他實在很難有什麼作為，所以那位姑娘的名節絕對是無可非議的。更重要的是他也已經訂親了，對方是位受人尊重的名媛淑女，他若無故退婚，一樣會造成女方莫大的傷害。

阿材認為法奧農一定是在羞辱林世金，否則他的臉不會紅得像木炭一樣要冒煙。他實在很想出聲問一下現在的情況，卻又怕弄巧成拙。等到紅毛大人說完話，林世金看他的臉色，好像是要送壯士一去不復返的悲哀。阿材想想自己已有些年歲了，即使是死也無所憾，但是唐妹要如何度完她悲慘的後半生？

「怎樣？他是不是要處死我？」

「不是。洋大人的意思是，在他們的國家裡要真正同床共枕才算有失名節，而且他已經訂親了，女方是貴族千金，不能退婚的。」

「那……我們唐妹……。」

「洋大人的意思是，你們家的女兒並沒有真的失貞，等過些時日，謠言平靜後一定可以找到新的夫家。」

阿材苦得甩甩手。「這我也知道，問題是不會是好的人家。」

「這……。」林世金不知如何安慰他，想想自己人微言輕，無能扭轉乾坤，只能陪著苦臉，無計可施。

「你不知道，我家唐妹實在是個好姑娘，結果現在……，唉。」阿材沒說完，草率地打個揖就搖著頭走了。

法奧農看他一副世界末日的模樣，相信若無旁人，他一定會號啕大哭了。真沒想到一件原本看似簡單的事，竟有如此嚴重的後果。那位姑娘——，他突然想起了那股清香味。他不曾在女人身上聞過如此迷人的芳香，如此令人牽掛的女人味，久久縈繞、流連不去。若不是自小接受嚴格的紳士教育，他還真想一親芳澤呢。不過私慾是小事，一個女人家受到莫須有的屈辱卻是有關終身的大事，既然和他扯上了邊，道義上他總得負些責任。還好對方是貧戶人家，花些錢就可以買個心安了。

林世金為了生計而服侍蠻族主子，雖然有失文人的骨氣，但他辦事都盡心盡力，從不會欺下瞞上。他拿著法奧農交代的錢數往洪府走去，一路上還不斷的草擬等會見了唐妹要安慰她的話。唉，他最怕哭哭啼啼的女人了。

到洪府見了唐妹，離開以後他的精神一直很恍惚，事情的結果讓他莫名其妙。是他找錯人了嗎？可是她應答得很正確啊。那這件事是什麼地方出了錯呢？他以前就聽說洪府有個絕色丫頭，沒想到就是她。今日一見，果然名不虛傳。

林世金沒有完成任務，不敢耽擱的立即回盧府向法奧農覆命。法奧農正和幾個得力的部屬在書房裡討論登山探險的事宜，由於手上的資料太少，很多細節不知要從何著手，大夥兒都有些心浮氣躁。此時林世金走進來，讓法奧農更加心煩，他口氣不耐煩的說：「有什麼事就直接說吧。」

「是，大人。」林世金先恭恭敬敬的遞上番圓。「那位唐妹姑娘說，這錢她不能收，而且她還要謝謝您讓她嫁不出去。」

唐妹和法奧農的事，在場的人都略有耳聞，此時他們都好奇的豎耳仔細聆聽。

法奧農馬上換了一個心情，饒富興味的追問：「你們漢人的女子如果嫁不出去，不是奇恥大辱嗎？」

「一般是這樣沒錯。但這位姑娘說，嫁人得靠運氣，與其依賴陌生人不如靠自己。」

法奧農讚賞的點點頭。「一個女孩家能有這樣的見解，真難得啊。」

勞吉和阿古同時感受到法奧農釋放出好奇的危險氣息，預感他可能會和這名女子糾纏不清。他們還來不及向林世金打暗號，他已經說出極具讓男人毀滅的話。

「是難得啊，尤其是這姑娘生得花容月貌，談吐溫柔有禮，很有大家風範呢。」果然，法奧農立刻露出一個只有男人才會瞭解的笑容。「你說，她很漂亮？」

完了，勞吉和阿古悲哀的互看一眼，知道法奧農已經被這名女子吸引住了，而林世金像個得意洋洋的父親，不斷的數說他對唐妹的好感。

法奧農越聽心裡越高興，好像終於發現了傳說中的寶藏一樣。但隨即一想又不對，他印象中的唐妹是個醜女人啊，怎麼到了林世金的眼裡反成了絕色大美女呢？他打斷林世金的好興致。

「我記得那是個醜丫頭啊。你該不會是找上人家小姐吧？」

這就是林世金不懂的地方，怎麼他和法奧農的審美觀會差這麼多呢？「不，大人。洪府的小姐還是個小孩子，而且唐妹姑娘還一直要謝謝您的救命大恩，應該不會錯。」

法奧農認為林世金是在偏袒自己的鄉親，他相信自己的眼光不會錯，唐妹的外表根本連及格都沾不上。不過，他倒是很欣賞唐妹的骨氣，很想與她交友一下，多瞭解一些漢人的民族性也好。說不定會像那個爪哇老人一樣，讓他有意想不到的心靈收獲。

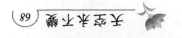

第四章

隔幾日下午，法奧農避開貼身護衛的糾纏，獨自騎馬往郊外走去。他認為外表醜陋的人比較容易自卑、經不起打擊，若帶大隊人馬可能會嚇壞她脆弱的心靈。他先躲在河邊的樹叢後，等待唐妹下工回家經過。

唐妹自從遇過紅毛夷後，每次出門都在臉上抹炭灰，故意製造不潔的假象，以期能引起紅毛夷的反感，進而避免騷擾。看在法奧農的眼裡，他不禁嫌惡的想：人長得醜已經夠糟了，難道她就不能把自己洗乾淨些嗎？他開始懷疑，就算沒有發生那樁誤會，憑她那副模樣也實在很難嫁出去，自己有必要如此多此一舉的關心她嗎？

唐妹很喜歡下工走路回家的這段時間，忙碌了一天，終於可以放鬆心情，慢慢的踱步紓解身體的疲乏。等一下到了較僻靜的地方，就可以洗去臉上刺癢的炭灰，還可以摘些小花，允許自己偷懶一下。想到這，她的腳步輕快了起來。

法奧農看唐妹步伐輕盈，嘴上還哼哼唱唱的，心裡暗罵道：好哇、好哇，那個矮老頭是怎麼說著來的？痛不欲生？我看她倒是挺快活的，或者她根本就是個瘋子？

法奧農此時的心情，有點被愚弄的憤懣。等他看到唐妹停在一欉七里香前，摘了幾朵小白花之後，左右瞧瞧四下無人再輕輕地塞在胸襟裡，他差點失聲爆笑。真是個醜人多做怪，原來是個悶騷婆娘，難怪身上會有花香味，害他以為自己有福遇到了什麼奇人仙女。

法奧農知道偷窺不是紳士所為，只是找不到適當的時機現身。他繼續看著唐妹走到河邊掬水洗臉，心裡盤算著要以什麼方式出現才不會把她嚇得投水自盡。

等唐妹洗好臉轉過身時，法奧農頓時瞪大了眼，懷疑自己是不是錯過了什麼，或者如勞吉所說的，這些漢人真的會巫術？剛剛明明是不堪入目的醜女，怎麼洗個臉就變成了勾人魂魄的美人？

他生平第一次呆望到不知所措，傻傻的看著唐妹走到一棵大樹下坐著。她屈腿抱在胸前，抬頭讓微風吹拂她細緻的臉龐，晶亮深邃的美眸遙望天際的神祕處，嘴角邊還透著淡淡的微笑。那份怡然自得的神情，彷彿展翅高飛的老鷹俯視大地，遠離了人世間生老病死的痛苦，不在乎世俗的榮華富貴，沒有任何悲歡離合可以羈絆她靈魂的昇華。

一直到唐妹起身往回家的方向走去，法奧農還怔在原地感動莫名，忘了要跟上前。他失心般的回到盧府，面對勞吉不敬的責罵也無動於衷。他不尋常的反應嚇得勞吉以為他中了漢人的巫術，被勾走了靈魂。

「好啦，勞吉，你是怎麼搞的？我覺得你自從到了臺員以後就一直很緊張，整天疑神疑鬼的。你何不放輕鬆些，好好的享受這明媚的風光呢？」

「不，大人，請原諒我無心欣賞這明媚的風光。以後若您想要外出，請先知會屬下一聲。」勞吉故作恭敬，其實已經又急又氣得臉上青筋浮凸的。

「噢，不、不，老實告訴你，我很慶幸我今天是單獨行動的。因為我視你如兄弟，所以我不想跟你爭奪，萬一她喜歡的是你，我就必須把你們兩個都殺掉。而你知道的，我喜歡盡量表現得仁慈些。」

法奧農很久沒有這樣的好心情，他想舒服的洗個澡，所以一直快步的往後院走去。

「等一等，您說她？什麼她？」勞吉不放心的追著法奧農。

「我今天遇見了一位森林女神。」

「什麼？森林女神？等一等，如果……如果是個狐仙呢？說不定——。」

法奧農終於停下來了，哭笑不得的看著勞吉。「狐在北方才有，這兒的天氣會把在山洞中修行的狐給活活悶死。」

「那……如果是划龍船的那條白蛇呢？」

「你搞錯了，那條白蛇不會划龍船。」

「嘖、嘖、嘖。」一直冷眼旁觀的阿古，終於不敢置信的開口：「萬能的神啊，我第一次看到被神話故事給搞瘋的人。」

勞吉忍不住爆發了。「你們這兩個混蛋！一點都不體諒我擔心大夥兒安危的苦心。」

「我知道，我們都瞭解。」法奧農一手搭上勞吉的肩膀，努力裝著一本正經，但眼角仍透露出戲謔的意味。「可是你不能因為害怕路上某些小障礙，而阻止自己奔向前程啊，對不對？」

法奧農轉向阿古使眼色，希望他能附和一、兩句好話，卻聽到：「我覺得這兒真的有巫術，因為他們把勞吉變得越來越像個娘兒們了。」

接著一陣狂風掃過，阿古被重重的摔在一個花架上，兩人立刻展開一場混戰。法奧農吹著口哨離開現場，瀟灑的漠視屬下在他面前的無禮行為。他認為彼此消磨掉一些精力，可以讓兩人更和平相處。

勞吉的父親生前是格裴修家族的總管。他從小就和法奧農一起頑皮搗蛋的長大，他知道自己有幸遇到一位胸襟開闊的主人，法奧農從不曾當他是一般的僕人使喚，尤其是成年後幾次出生入死的患難相助，更被視為親兄弟般的對待。但是他並沒有忘記自己的身分，也不因為身處僕役階級而自卑，反而有幸可以護衛英明的主子，讓他深深地引以自豪，完全獻出能隨時拋頭顱、灑熱血的忠誠。他相信死硬脾氣的阿古也是如此想。只是法奧農樂觀的個性再加上不怕艱難、一股勁往前衝的精神，常常令他們兩人頭痛不已。

※ ※ ※

第二天，勞吉和阿古技巧的讓法奧農以為他躲過他們，偷偷的跟在他後面，好奇的想一睹所謂森林女神的真面目。

法奧農坐在七里香花欉旁，不斷的摘掉七里香的葉子，臉上焦躁不安的神情是兩個貼身護衛不曾看過的。

「哇嗚！」勞吉笑開昨天被阿古打裂的嘴唇。「我不知道他也有痴情的一面。我看那個女神再不來，我們的多情種會把那株可憐的花拔成光禿禿的裸體。」

「噓，他動了。」

法奧農小心翼翼地走向蹲在河邊準備洗臉的唐妹。他還沒想好開場白，唐妹就聽到身後有腳步聲，她一轉身看到紅毛夷近在眼前，嚇得忘了身後是河直接的後退，腳下踩到圓石而重心不穩，她的雙手在空中亂揮想保持平衡。法奧農眼看她就要掉進河裡，本能的出手相救，唐妹誤會了他的用意，粗魯的一掙扎反而把他推進河裡，自己頭也不回的飛奔回家。

情況完全出乎法奧農的意料之外，他坐在淺水處，一時說不上心裡是什麼感覺。當他聽到熟悉的爆笑聲，自己也不禁傻笑起來。

「這麼醜又兇悍的女神還真少見，難怪您會神魂顛倒、如癡如醉啊。」

勞吉邊打趣邊伸手給法奧農想拉他起身，法奧農輕輕的握住他的手，然後出其不意的使力將他拖進水裡，當作發洩挫折感的對象。

※　※　※

法奧農認為應該給唐妹一段時間恢復平靜，以免真的嚇壞了她，所以他努力克制自己不要去打擾她。七天過去，他的忍耐到極限了。

這一次法奧農故意用嚴厲的口氣命令勞吉和阿古不准再偷偷摸摸的跟著他。他們第一次看他對女人如此認真，表面上信誓旦旦保證不再跟蹤干涉，心底都有不祥的預感。畢竟以他的身分用情不當，只會自傷傷人，而受過傷的心靈，為了活下去只有變得冷酷無情。

法奧農像個準備參加隆重慶典的小孩，興高采烈的採了一大把的野花。他奇怪自己竟像個情竇初開的毛頭小子一樣忐忑不安，興奮期待得心跳加快。

唐妹這幾天一下工就加快腳步的趕回家，深怕自己萬一被擄走，母親就沒有人可以照顧了。但是好幾天過去了都無事發生，她單純的以為那天遇到法奧農應該是個偶發事件，不會再碰上才對。所以她昨天又恢復了以往的行程，慢慢的散個步，仔細的洗淨臉後，靠著大樹幹舒服地伸個懶腰，享受一點不理世事，心無雜塵的時光。

一陣窸窣聲使唐妹如驚弓之鳥倏地睜開眼，猛然看見法奧農捧著一大把花矗立在她面前，她立刻下意識的大聲尖叫。法奧農亂了分寸，直接丟下花上前摀住她的嘴。

「不要這樣，我不會『愛』妳。」

唐妹動作一僵，法奧農就知道自己說錯話了。

「呃……我是說……我不會……害妳，對，不會害妳。妳不要叫，好不好？」

唐妹覺得法奧農的動作很輕柔，並沒有真的使力，她遲疑了一會才點點頭，保持警戒的盯著他。

法奧農鬆手後反而不知道接下來要做什麼才好。長久以來，他對女人感興趣只有一個目的，而以他本身的魅力再加上顯赫的地位，一向使女人趨之若鶩，他根本無需花費心思與女人周旋。對他而言，男人的世界多采多姿，絕對的自由使他能隨時挑戰新的刺激，女人是只有在轉換娛樂口味時才派得上用場的。現在眼前這驚如小兔的女人卻引發了他思想上的漏點，他不曾想要探索藏在女人小小身軀裡的是怎樣的思維與力量。這一想法使他警覺到，以往在思考人性的複雜層面時，所想的都只是男人的所作所為，女人被視為理所當然的永無意見、缺乏思考能力。就因為女人是如此懦弱、沒有自我保護的能力，所以紳士教育中明白的指示，絕不可以暴力侵犯女人。他一直謹遵教誨，對女人就像愛護動物，只在心血來潮時逗弄一番，其餘則一律保持距離。如今第一次令他自慚對人性還懵懂無知的女人出現了。他急欲瞭解女人是如何體驗人生，什麼才是女人的生活重心。更重要的是，眼前這美麗誘人的小東西是如何看待自己的。

唐妹雖然不甚明白人事，卻也懂得規矩的未婚男女不該避人私會，除非這男的存有不良企圖。所以即使法奧農僅是一古腦兒的對她傻笑，沒有進一步的舉動，她仍趁他不注意時，扒起一把泥土往他臉上抹去。唐妹以為可以掙離他雙手可及的範圍，沒想到反被他攬得更緊。法奧農在她身上胡亂磨蹭，只是不想讓她走，並且要擦去臉上的污泥，便沒注意到觸碰的部位是唐妹的胸前。唐妹以為他要逞兇，更加使勁的掙扎，等她明白自己微弱的力量起不了作用時，才心力交瘁的哭泣。

法奧農聽到哭聲才放鬆自己的手勁。「妳不要哭，我不是要害妳，妳不能哭啊。」他掏出一條白手巾，笨手笨腳的替唐妹拭淚。心裡氣著自己把事情越弄越糟。

「拜託你放了我，讓我回家吧，我家裡還有一個生病的母親。」

法奧農很不情願的拉她起身，並幫忙拍掉她身上的泥沙。唐妹完全被他搞糊塗了，他竟然很聽自己的話，不但馬上與她保時距離，還拾起地上散落的野花說是要送給她。真是奇怪的人哪，到處是花還需要他送嗎？不過他肯費心四處去採，足見他頗有用心。

望著他燦爛的笑容，唐妹此時說不上自己是怎麼的感覺，先前被他羞辱的事好像已不再重要了。她不禁紅著臉，低頭快步走開，心裡不斷的責罵自己，怎麼可以僅僅為了一個男人的笑臉就放棄了做人最重要的羞恥心。

唐妹不知道法奧農跟蹤她回家。晚上她懊惱著柴火不夠，卻只敢在家附近隨便找些枯枝應急，不敢離家太遠。

隔天清早唐妹打開家門時，發現門口有一堆捆好的木柴，她開始煩惱了。法奧農對自己好的目的再明顯不過了，接受他的好意，必得付出她這一生最寶貴的代價。而她對紅毛夷的印象還停留在蠻橫不講理的階段，這樣的人值得她冒險犧牲嗎？

唐妹在上工前特地去找阿材，跟他說在她下工時間去接她，她有很重要的事要與他商量。等到下午，兩人往唐妹家走去時，她滿懷心事的一言不發，兩眼不停的瞄向林蔭深處。

阿材有些納悶的開口：「妳不是有話要跟我說嗎？」

「是啊，我在想……。」

「想什麼？」

「想……想要怎麼跟你說。」

「傻孩子，有話直接說就好了，跟妳阿材叔不用客氣。這個——咦？」阿材突然停下腳步，歪頭盯著一棵大樹後。「我好像看到那棵樹後有匹馬——。」

唐妹心裡有數，拉起他的手快速往前走。

「沒有啦，阿材叔，你看錯了，這裡怎麼會有馬？」

「說得也是。可是……那個好像真的……。是我眼花了嗎？妳不要走這麼快嘛。」阿材人矮，腿自然就短小，他必須用小跑步的才跟得上唐妹的疾步走。

「阿材叔，不要看了。那匹馬……有病會傳染的。」

「妳怎麼知道？」

「我……我猜的啦。我們快點回家好不好？」

「可是……那匹馬好眼熟……。」

法奧農看著他們漸漸走遠，自尊心大受打擊的對愛馬抱怨。「怎麼搞的？勞吉和阿古不是常說女人是垂手可得的？她怎麼這麼難纏？竟然還說你有病，簡直是侮辱人嘛。」馬兒甩甩頭，仰天噴氣，一點也不領情。

法奧農原本很氣惱，隨即念頭一轉。是啊，就是因為她懂得珍惜自己，不會隨便男人一招手、或者一點安逸、一點利誘就放棄了所有的矜持與禮數。正因為如此，才顯得出她的寶貴啊。

心裡頭的烏雲一散去，法奧農立刻又恢復精神抖擻，興奮地著手下一步計劃。

※ ※ ※

當唐妹看到門口有一個精緻的禮盒，上面還放著一小撮七里香時，不能說心中沒有竊喜之情。她打開盒子，裡頭是六式蜜餞。

唐妹不免有些怦然心動了。以目前的情勢而言，他若對自己有非分之想，實在是輕而易舉的就可以達到目的，根本不必如此大費周章。可是他並沒有像陳明輝那樣完全不顧慮他人的意願，只會一味地滿足自己邪惡的私慾。若不是親身經歷，她實在很難相信，一個野蠻又有權勢的洋大人竟會聽令自己的話。這樣想又不對，如果他真如有義嬸說的那般未開化，也就不會救助自己脫離陳惡少的騷擾。

想著想著，唐妹覺得他應該不是壞人，心裡漸漸的不再排斥他了。

下午放工時，唐妹用布小心的包著禮盒，看到法奧農又在樹後等她時，先四下瞧瞧有無旁人，再謹慎的走向他。

法奧農以為自己終於打動了唐妹的芳心，驚喜得將她抱起來打轉。等他將唐妹放回地上，她早已嚇得花容失色。

法奧農懊惱的拍拍大腿，怪自己又做錯了。「妳不要怕，我是……。妳來找我，我很高興，我不會害妳的，真的。」

唐妹看他說得誠懇，猶豫了一會才鼓起勇氣說：「我來找你，是要把東西還給你。」她打開布包，遞上蜜餞禮盒。「我不能收你的東西，我娘會生氣的。」

「妳喜歡嗎？」

唐妹以為他聽不懂，刻意一字一字清晰的說：「我說，如果我娘知道了，她會不高興的。」

「不要管她，妳自己喜不喜歡？」

唐妹愣了一下，心裡有些反感，口氣自然不悅。「怎麼可以不管，她是我的親娘呢。」

法奧農知道漢人有一種說法，能孝順父母的人才是理想的嫁娶對象，他很高興唐妹是個時時掛念母親的好女兒。他拆開禮盒，直接用手抓了一粒蜜李送到她的嘴邊。唐妹被他的笑臉弄糊塗了，不明白他在得意什麼，迷迷糊糊的張開嘴。

「妳在這裡吃，不要帶回家，妳娘就不會知道了。」

「不行，有好的東西應該要孝敬長輩才對。」

「可是，既然她會生氣，我們就不要讓她知道嘛。」

「不行！」唐妹肯定的搖搖頭。「不好的事情才需要瞞著長輩，如果明明知道是不能說給別人聽的事情，就不應該去做。我要回家了。」

唐妹轉身要走，法奧農氣自己口拙無法討她的歡心，只好拉住她，坦白露骨的說：「我很喜歡妳，妳不要嫁給別人。等我，好不好？」

唐妹沒想到他竟然說出如此無禮大膽的話。一對男女不經父母長輩的同意便私下互定終身，豈不悖逆禮教，形同苟合？難道他把自己看得如此隨便嗎？

唐妹又羞又怒，用力甩開他的手跑回家，留下法奧農一人在原地頓足捶胸，不知該如何讓她明白自己的心意。

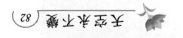

第五章

荷蘭聯合東印度公司駐臺初期，由於商館稅務人員不足，很難管理偌大的土地，於是將各地劃分為若干區域，稱為贌社。各贌社均由商人出資承包管理，商館於每年陽曆五月二日由主計官召集南北競包的商人，集於公所當眾開標，得標的商人即可在指定的贌社開發。除了漢人必須繳納的人頭稅以外，山地各族也得將所獲得的耕獵物或山產物等轉售給商人。社商每年所得之數額，除了繳納商館之外，餘下的作為其報酬，往往獲益豐裕。所以每當贌社開標之日，遠近巨商大賈，紛紛趨之若鶩。其中多為漢人，均窮兇惡極、作威作福，實為荷人的得力爪牙。

※　※　※

法奧農為了唐妹的事，懊惱得坐立不安的在大廳裡來回踱步，勞吉、阿古和林世金回來報告順利完成贌社得標的任務，法奧農隨意的揮揮手，壓根兒不想過問。尤其林世金特別強調惡霸陳家在這次競爭中失利，上回在街頭為了唐妹又給陳明輝難堪，新仇加舊恨，只怕一向為鄉里所唾棄的陳惡少不會善罷干休，為免他在背後耍花槍，最好能夠提防些。

說完，三人靜待法奧農的指示，他卻連眼睛都沒眨一下，心神不知落在什麼地方，林世金的話他大概也沒聽進去。

勞吉看法奧農一副略顯痴呆的樣子，火冒三丈的哇哇叫。「我真好奇那個醜女是用什麼方法迷惑您的，您已經完全喪失了您的男子氣慨。」

法奧農不情願的開口：「她污穢的外表只是偽裝的。」

「好吧，她不醜，那又怎樣？我們跑過那麼多的地方，什麼美女沒見過？」

「她不一樣。」

「怎麼不同？」

法奧農先是眉頭深鎖，一會兒便露出戀愛中標準的沉醉表情，碧綠的眼眸顯得既明亮又溫暖。「我們以前遇見的女人，大多是只會巴結男人幫助她們改善生活，或者是被苦日子壓得抬不起頭來。而她……，我心愛的小女人，卻是在享受生活，彷彿再大的苦難都無所懼，即使生活裡只有悲苦，她仍然甘之如飴。她好像是要向希臘諸神證明，當初普羅米修斯拯救人類的舉動是正確的；她就是那種會令撒旦折服的人類……。」

勞吉雙眼圓睜，想仔細打量法奧農是不是被迷傻了；阿古則閉目養神不知在想什麼。

林世金雖然聽不太懂法奧農的形容詞，也瞭解主子是英雄難過美人關。他溫吞吞的開口：「大人，您如果真的如此中意這位姑娘，我倒有些想法。」

「你說。」

「漢人的婚姻是由父母長輩作主的，前些日子那位侏儒老人家自稱是她的叔叔，可見她的家族已有意高攀大人。在漢人的社會裡，一個男人只要能力許可，三妻四妾並不違悖倫理道德。既然女方的長輩都同意了，大人不妨紆尊降貴的前往姑娘家提親。」

「提親？那得拜堂完婚囉？」

「我們可以言明在先，不做正室只當偏房。」

「不行。」法奧農還沒有完全失去理智。「我國的法律是一夫一妻制，所以只能拜一次堂、起一次誓。如果說……我願意照顧她一輩子，只要不拜堂，你想可行嗎？」

「這……金屋藏嬌是一般用在青樓女子的下策，對於良家婦女恐怕有些困難。不過，如今唐妹姑娘名譽已然受損，與小家碧玉無法相提並論，或許她的家長願意屈就也不一定。大人不妨一試。」

「好，就聽你的。你快去幫我準備一些豐厚的禮品，我決定明天就去拜訪。」

林世金告退後，勞吉不解的轉向法奧農。

「大人，臺員目前在我們的管轄之下，那位姑娘如同是大人的探囊之物，您何需如此費心？」

法奧農露出睿智的微笑。「我們是十七歲開始在海上航行的吧？經過了這十多年，你還持有當初的熱情嗎？」

「這……，當然還有啊。現在我們已經知道這個世界比我們以前所想的大多了，所以一定還有很多新奇、刺激的事物存在。」

「沒錯，對我們這種好奇心重的人來說，未知的事物都帶著致命的吸引力，可是一旦滿足了好奇心，就會想要征服、改變，變成自己熟悉的生活方式。所以這個世界已經變成像是馬戲團的獅子一樣的無趣，你馴服了牠，卻也使牠失去了當初吸引你的特質。這樣子不對，世界這麼大，應該要容許各種不同的事物存在才有趣。不管是貴族、平民，甚至乞丐，每個人都有他的存在價值，就是有這些不同的人才能促成這個多采多姿的大千世界。」

阿古看到主子散發一股王者的慈悲，而勞吉只是憂心的想到在上位者的天真，和平是需要犧牲某些人才能維持的。

法奧農繼續說出他的新體會。「征服有很多種方式，以往我們所選擇的方法太直接，破壞力太強，所以即使贏了，也什麼都沒得到。而我覺得以她對生命的熱愛，我相信她的性情一定很善良，從她的舉止我可以感覺到活著是一種美好、喜悅的榮耀，所以我不希望傷害她純淨的心靈。」

「大人，請恕屬下無理。您是否有考慮到英瓏心小姐的立場？」

「噢，糟糕。說真的，我都沒有想到她。」

勞吉緊握拳頭，忍不住的罵了一句粗話。

「嘿，怎麼搞的？我以為該煩惱的人是我。」

勞吉受不了法奧農在緊要關頭時，仍是一副嬉皮笑臉的無辜樣，終於破口大罵：「您就是什麼都不怕，我才替您擔心。」

法奧農誇張的嘆口氣。「唉，我還是比較喜歡你剛才謙卑的樣子，我想你一定是那個急死的太監。」

「真好笑，啊？您居然還有心情消遣我。我倒想請問您現在是怎麼想的？」

「我的心情啊，從不曾如此輕鬆愉快，每天都保持著新鮮亢奮的精神，隨時期待新的事情發生。當然囉，是好的事情。」說完，還不忘加上一個曖昧的笑容。

他居然還在自我陶醉，勞吉不知道這算不算臨危不亂。「該死的，我說的不是這個。」

「嘿、嘿，風度、風度。你到底在氣什麼？」

勞吉努力維持敬重的語氣。「我不是說戀愛是壞事，但是您這種不負責任的行為卻很令人失望。大人可曾仔細想過，如果您如願可以照養那位姑娘，萬一這件事傳回祖國，英瓏心小姐在上流社會要如何自處？人們一旦譏笑她輸給一位異族平民，您要如何彌補她受創的自尊心？萬一她無法容忍這位漢人姑娘的存在，對於這小姑娘，您也難逃始亂終棄之嫌啊。」

法奧農聽完，心情一下由天堂直落地獄。「也許我為了使生活多采多姿，不斷在追求新的事物。但是，我是真心在渴望她。」

勞吉放緩了口氣。「大人，我並非懷疑您是愛情騙子。只是我很訝異以您的個性，在還沒有萬全的對策之前，您竟會不顧一切的魯莽行事，這不像是您以往冷靜、理智的作風啊。」

法奧農苦澀的撇撇嘴，帶著無奈、自嘲的意思，完全不介意勞吉剛才的出言不遜。「她就在那裡，一個活色生香的誘惑，輕易的毀掉我出生至今所累積的傲慢。她的不在乎，使我不得不放慢腳步，才有機會學著停下來欣賞四周平凡的景色。」

勞吉面對法奧農帶著幽怨感性的訴說，不禁有些責怪自己剛才太過銳利。阿古旁聽了很久，第一次開口所問的疑惑最為實際。

「大人，您怎麼會跟那個貴族小姐訂婚的？」

「這是去年我父親臨終前的願望，他與桑列州伯爵是多年的好友，英瓏心更是從小就跟在我身邊打轉。她的個性倔強、獨立，又有些男孩子氣，我是一直以兄妹之情待她，不曾有過非分之想。我向她求婚時，明白的表示過，雖然我們兩人之間沒有熱情，但我保證會尊敬她、善待她，她很明理的能夠諒解這種貴族婚姻。與其他的女人相對照，我是比較樂意和她相處，而且我一向敬愛我父親，更不能逃避身為繼承人的義務和責任。既然我不討厭英瓏心，也沒有心愛的女人，我實在沒有理由讓我父親失望。」

「現在您有何打算？」

「現在是我的心已經給了別人，我就沒有辦法若無其事的與英瓏心一起生活。英瓏心答應我的求婚時，我請她再給我兩年的時間探索這新奇的世界，如今還有一年的時間。我會寫信向她說明原委，希望由她來解除婚約，這樣她就有很大的機會可以嫁給愛她男人，幸福的過一生。無論我怎麼做，我的負心對她所造成的傷害是免不了的，我只能犧牲自己以求將傷害降到最低。」

「我不認為您的家族會認同一位沒有身分、文化差異又大的侯爵夫人。」

法奧農有些疲憊的揉揉鼻樑。「我希望能盡最大的力量去保有她，畢竟未來的命運不是我們所能完全掌握的，或許命運之神願意給我意外的驚喜。」

「完了，您說話已經帶有漢人的宿命習慣了。」

法奧農又恢復笑容了。「得了，你們不要一副謙卑的奴才樣，這讓我覺得好像全世界的擔子都在我的肩上。」

勞吉和阿古明白這是結束談話的意思，聰明的不再多說。

這件事情已經明朗化了，未來的好壞全操縱在英瓏心小姐的手裡。

勞吉知道法奧農的說法很含蓄，桑列州伯爵驕縱女兒是眾所皆知的，聽說當她的貼身女僕需要莫大的耐性和勇氣。他同時知道一件法奧農忽略的事情，英瓏心小姐對他的情愫絕不如同他自己所想的那般單純，再加上她不肯服輸的個性，法奧農恐怕很難如願以償。

※　※　※

第二天早上，阿材看見一大隊人馬浩浩蕩蕩的往他的木器店方向走來，起先他還以為是哪個人家在辦喜事，等隊伍停在他的店門前，他還有如二丈金剛摸不清狀況。一聽完林世金的話，他的腿馬上就嚇軟了，差點站不住腳，嘴裡嚷嚷要他們改天再來。林世金為了要討好法奧農，想早點辦妥這件事，便故意嚇唬阿材。趁今日紅毛大人的心情很好，趕快把喜事說定，免得改天他見異思遷，屆時就無可挽回、追悔莫及了。說完就硬拖著阿材往唐妹家走去。

阿材眼睜睜的只能在心底乾著急：糟了，沒有事先知會淑敏一聲，她若知道是我擅作主張惹來的，一定會臭罵我一頓，搞不好以後還會翻臉不認人呢。對了，先去找春玉壯膽，也可以當擋箭牌。

淑敏由春玉扶出至大廳時，並沒有被眼前的陣式嚇到，只是直覺此事一定跟唐妹有關。她用眼光詢問阿材，他反而背向她，連頭都不敢抬。

淑敏立刻心驚的轉向春玉。「是不是唐妹出事了？」

春玉安撫的拍拍她的手。「沒有啦，妳先不要亂想，我也不清楚到底發生了什麼事。」

等各人坐定後，林世金有些趾高氣昂的說明來意。

今日唐妹有幸，雖然出身低微，承蒙洋大人不棄，仍深得其厚愛，願降尊紆貴的與她相守。唯有礙於荷蘭一夫一妻制的國法所限，即使不能拜堂行禮，洋大人仍然願意保證照顧唐妹一輩子。所以也許在名份上會有所虧欠，但她的後半生絕對是豐衣足食、榮華不盡的。對於名節有損的唐妹來說，這種安排真是莫大的恩惠，應該深感榮幸才對。

淑敏開始是驚愕，後來越聽越憤怒，一開口語氣就很僵。「我活到這麼老，第一次聽到這麼荒唐的事，真的是只有紅毛夷才會做出這麼野蠻的事。一男一女不先行禮就住在一起，這成何體統？你把我們想得這麼低賤嗎？我豈能罔顧倫理的賣女求榮？就算唐妹的名譽受到冤枉，也不會自甘墮落。我們再苦，也不會為了一口飯而敗壞道德。像你們這種霸道、不顧廉恥的人，我倒奇怪你們會想到要來提親，乾脆直接來搶人算了。」

淑敏一鼓作氣說完，法奧農立刻問林世金：「她為什麼說我是鴨子？」

「不，大人，這是個誤會。」

「是嗎？」法奧農懷疑的說：「這句話已經快要成為你的口頭禪了。」

林世金先打個哈哈才轉向淑敏，這一次他的態度恭敬多了。「大嬸，請先別動氣——。」

「你不要再說了。」淑敏氣得喘噓噓的。「別說是沒名沒份的跟著他，即使他用八人大花轎來迎娶，我也不會將唐妹許配給外來的紅毛野人。」

淑敏的反應把林世金搞糊塗了。「可是妳先前不也答應讓妳家的女兒來服侍洋大人嗎？」

淑敏像是受到極大的污辱似的瞪著他。「你在胡說什麼？我什麼時候答應過？」停了一會兒，眾人疑惑的眼光都一致盯在阿材的身上，他自知逃不過，只好乖乖的自首，挺身而出。

「淑敏，妳先不要生氣，聽我解釋——。」

淑敏站起身，嚴厲的指著他。「阿材，你怎麼可以出賣我們？虧唐妹還尊稱你一聲叔叔呢。」

林世金也驚訝的面對阿材。「什麼？原來你不是她的叔叔？」

「也差不多算是啦，對不對，淑敏？」

阿材勉強擠出一個難看的笑臉，不但淑敏不買他的帳，連一向心軟、不批評別人的春玉也忍不住譴責他。

「阿材，你自己無妻無女的，私自把唐妹賣給紅毛夷，你要拿什麼賠給淑敏啊？你到底是拿了紅毛夷什麼好處？」

「冤枉啊，春玉，其實這紅毛夷人很不錯——。」

「阿材，你真糊塗，紅毛夷人多勢眾講兩、三句好話就把你哄住了。」

「沒有，紅毛夷他們沒有騙我，是我自願——。」

「自願什麼？自願賣掉別人的女兒？你以為紅毛夷會善待唐妹嗎？」

林世金就聽著「紅毛夷」三個字在半空中飛來飛去，真想找個老鼠洞躲起來。想想自己這條小命總有一天會毀在這一家子人的手上。

法奧農見場面失控，亂哄哄的一片，先深呼吸培養耐心，再鼓足中氣用河洛話大喊：「好了，統統都不要再說了。」等吵鬧的人都臣服在他的威嚴之下後，他才降低音量對淑敏說：「妳願不願意再考慮一下？」

淑敏為了捍衛唐妹，心底自然升上一股勇氣，她挺直腰，用不卑不亢的態度說：「我對女兒的婚事，既不求男方榮華富貴，也不願委屈她做小室，對於你這種會敗壞祖德的要求，請恕我無法答應。」

法奧農的眼中閃過一絲讚賞，母愛的力量勝過千軍萬馬。但是他不會輕易的放棄。「能不能讓我跟……唐妹談一談？」

「她是我的女兒，想法自然跟我的一樣，更何況婚姻大事本來就是由父母作主的。」

法奧農聽完後的表情讓淑敏以為自己要惹禍上身了。

一時之間無人敢吭聲。大約過了死寂的一分鐘後，法奧農重重的嘆口氣，站起身，嘴裡嘟囔著一句：「打擾了。」隨意的擺擺手，留下禮品，支使原班人馬打道回府。

淑敏不願落人話柄，堅持要林世金把禮品帶走。

等來客人影遠去，春玉才舒口大氣的說：「噢，他的眼睛好嚇人，我剛剛還以為他要大開殺戒呢。」

「是啊，」阿材接口道：「我第一次看到他有這麼兇的表情。哇！淑敏，妳剛剛好神勇啊。」

「沒有啦，我也是硬撐的，就想到要保護唐妹嘛，很自然的什麼都不怕了。你……你……你居然還敢跟我講話？」原本已經放柔的心情，一想起被背叛的失望，立刻有如沸騰的滾水。

「淑敏，妳不要生氣，對身子不好，先聽我解釋嘛。現在的時局不比以往的太平日子，紅毛夷的人數一天比一天還多，我一個老頭子拚了命的能力也有限。我們趁早幫唐妹找個可以依靠的男人，即使是紅毛夷也無所謂，總比以後萬一不幸被一大群紅毛夷欺負還好。而且，這個紅毛夷妳也看到了，他並沒有我們所想的那麼壞，否則我們的腦袋早就移位了。唐妹跟著他，應該不會吃虧才對。」

淑敏聽著阿材的分析，心裡也認同他的見解。難道這真的是唐妹天生註定逃不過的宿命嗎？她的心中很亂，千頭萬緒的不知要從何說起。

春玉在一旁也試探的說：「淑敏，阿材說的有理，現在我們三個老的比不上一個年輕小伙子，根本不能保護唐妹，還是早些把她嫁出去，就算是偏房也行。說不定唐妹有了男人以後，紅毛夷就會對她失去興趣了。」

殘酷的事實已經擺在眼前了，不趕快果斷的決定，局勢再繼續惡化下去的話，後果真令人不敢想像。

「阿材，我想麻煩你等一下去跟唐妹說，叫她今天就辭工，明天起不要再去拋頭露面了。還有春玉，也請妳幫我問問有哪家要娶親納妾的。既然時局如此，我現在只求對方人品好，其餘的都無能計較了。」

阿材想到比較現實的問題。「淑敏，唐妹不做工，沒有了收入，日子要怎麼過？」

「過不下去也只好求來生了。」

旁邊的人聽到她的話馬上就緊張了。

「小心哪，淑敏，千萬不能亂說話啊，會招來惡運的。」

「難道不是嗎？你們都沒有這種感覺嗎？我們常常拜拜求神神不應，惡鬼卻是不請自來，教我怎能不灰心？」

年輕喪夫、中年失子的春玉雖然也有同感，但還不敢說出蔑視神明的話。她勸世的提醒淑敏，生命得來不易，何況老天爺已經賞她一個乖巧的女兒，怎能說是沒保佑？淑敏接受春玉的話，有些慚愧自己這麼容易抱怨。

阿材又想到一個問題，他謹慎的開口：「淑敏，既然妳已不反對唐妹做側室，為什麼不考慮那個紅毛夷呢？」

「你自己也有聽到，對方只是口頭上答應要照顧唐妹，並不打算明媒正娶。如果他願意大禮迎娶唐妹過門，以後即使唐妹失寵了，他仍然負有照顧唐妹的責任。僅僅口頭上說說，一點保障也沒有。萬一哪一天他心情不好，或者有了新歡嫌舊人，看唐妹不順眼，說拋棄就拋棄，到時如果我們三個老的看不見了，唐妹被趕出門，教她一個人怎麼辦呢？」

阿材這下子也無話可說了，慈悲心腸的春玉卻還保有一些浪漫的想法。

「淑敏，妳顧慮的也對。不過，阿材不是說那個紅毛夷人很不錯嗎？我自己也有這種感覺耶。妳看，他一開始就明白的告訴我們自己已有了未婚妻，完全沒有要哄瞞欺騙我們的意思。而且他的底下還有那麼多的人手，我們又是老人孤女，無權無勢可依，但他並沒有用強硬的手段相逼。再說，他從那麼遠的地方坐了好幾個月的船渡海來到這裡，然後看上了唐妹，也許他們真的是有緣人呢。」春玉說得一臉光采，彷彿未來的幸福就在眼前。

他們現在所討論的關係著唐妹一生的幸福，淑敏的心情根本輕鬆不起來，無法感受春玉天真編列出來的愉悅。她倒是想起了一件已快遺忘的往事。

「唐妹小的時候曾經受到一個酒醉男人的騷擾，當時我有打算要將她破相，就是擔心她長大了會太吸引人而招來禍端，後來因為不忍心傷害她而作罷。來到這偏遠的地方定居，只是希望能夠安靜的過一生，沒想到還是躲不過。也許這真的是天意，唐妹註定是這個命。」

沉悶的氣氛波及到春玉，驅走了她身上所有的輕鬆浪漫。「唉，都怪我家阿榮沒福氣，出去捕個魚就不知道要回來。」

淑敏聽春玉這麼說才突然領悟：是啊，不管唐妹以後是妾或眾人唾棄的狐狸精，她都還活著，能活著才是最重要的。生命之所以令人感動，是因為牠是經過掙扎的。即使身處一片黑暗之中，仍能蘊藏無限的希望，將所有的活力、熱情，甚至野性等待在適當的時機爆發出來。

淑敏並沒有將這想法說出來，只是與春玉輕聲的互相安慰。

第六章

唐妹忍著手痛拾起一顆顆手掌大的石頭放進藤簍裡，再搬到遠處倒掉。經過一個早上的鋤草之後，她的手已經因劇烈的摩擦而破皮，其中還透著點點血絲，身子也有些腰酸背痛。昨晚母親只是輕描淡寫的說她已引起紅毛夷的注意，並沒有提到法奧農來訪之事。唐妹一如往常不會提出一堆問題讓母親為難，順從的辭了工。如果母親身體無恙，她只要像春玉嬸一樣開闢一小塊菜圃足夠自給自足便行了。但是她以前做工微薄的薪資，為了支付每個月固定的補藥錢，根本不能攢存，所以她現在不得不趕緊開墾一個大菜園，期望能靠賣菜過日子。

烈日照灼下，唐妹的動作越來越緩慢，她實在很疲累，便靠著大樹幹想休息一下。人一鬆懈下來，心神就不由自主的繞著法奧農打轉，不知道他今天還會不會在半路上等她。唐妹一想到他捧著一大把野花的窘模樣，不知不覺的笑著入夢了。稍後感覺有人在輕碰她的臉頰才慢慢轉醒，睜開眼竟是母親有些責備又略帶憂愁的臉。

「妳也真是的，累的話就應該回屋子裡休息，一個大姑娘家怎好在外頭睡著了。」

唐妹順著母親的眼光看過去，才知道阿材和林世金在繼續她未完的工作。想到自己的睡相被外人瞧見了，唐妹羞得無地自容，萬一傳揚出去，對自己的名譽無異是雪上加霜。

「娘，我知道錯了。」

因為女兒是為自己勞累的，做母親的也就不忍太過苛責。「我知道妳很辛苦，來，我給妳熬了些青草茶，妳先拿回屋裡喝，順便洗個臉，再煮些茶來招待客人。」

唐妹走回屋後，淑敏才步履蹣跚的走向客人。

「先生、阿材，真不好意思，讓你們看笑話了，實在是唐妹不曾做過如此粗重的工作，才會累成這樣。」

林世金知道她話裡的意思，也就明白的表示：「大嬸，妳放心，這點小事沒什麼好說的。」

「是啊，淑敏。林先生人很好，妳不用擔心啦。」

聽了兩人的話，淑敏才釋懷的笑笑。「先生、阿材，進屋子裡喝茶再說吧，這工作不急的。」

林世金感覺得淑敏有著不平凡的經歷，自然表現著恭敬的態度。「大嬸，妳別客氣的稱呼我先生，我實在汗顏擔當不起，直接叫我阿金就可以了。」

「好、好，外面烈日當空的，我們進屋談。」

唐妹洗淨臉後更顯得清爽動人，她輕盈的為客人奉茶。林世金忍不住的打量她：烏黑的秀髮配上白皙的肌膚、晶亮慧黠的眼眸襯著嬌艷欲嘀的紅唇，再加上靈巧的動作，看著她就像徜徉在令人心曠神怡的森林裡。他的視線追隨著唐妹的一舉一動，直到她消失到屋後，還不禁讚嘆：傾國傾城的佳人也不過如此啊。

唐妹回房裡避著，也可以順理成章的旁聽。

主人先開口了。「真抱歉，我們才初相識就讓你幫忙工作，結果卻只能用粗茶招待，真是慚愧。」

「大嬸，妳別客氣，時機不好，每戶人家都差不多。聽說妳的身子欠安，這是我的一點心意。」林世金提起自己帶來的一籃雞蛋。

淑敏連忙搖手。「不、不，這我不能收。」

「妳不要誤會。昨天的事情雖然沒有談成，妳也堅拒不收洋大人的禮品，他的面子自然有些掛不住。但是後來洋大人有說，一般人都會趁機佔便宜，妳卻能為保護女兒，堅持立場不為利所誘，可見妳是一位值得尊敬的長輩。今天早上洋大人聽說唐妹辭工了，擔心妳們生活會有困難，所以要我過來看看是否有幫得上忙的地方。因為我們昨天才剛認識，我想今天一個人來太冒昧了，才找阿材叔做陪。洋大人擔心妳會誤會他的居心不良不敢再送禮，以免妳懷疑他想用賄賂的方式來軟化妳。這幾個雞蛋是我個人的一點心意，東西不多，希望妳別嫌棄才好。」

「怎麼會呢，只是……，這樣好了。阿材，你也拿幾個，等會再送一些過去給春玉，可以嗎？」淑敏還是謙虛的先詢問原主的意思。

「當然好。大嬸的心腸這麼好，難怪會有唐妹如此乖巧的女兒。」

「哪裡，是唐妹有福氣，大家都很疼她。」

「淑敏，妳就是這樣。」阿材忍不住又要替唐妹說話。「總要壓住唐妹的好處。」

「俗話說：樹大招風。人也一樣，尤其是女孩子家，太出風頭總會引起男人的覬覦。昨天拒絕洋大人的好意，並非我自命清高、不識抬舉，故意要拿翹的，實在是我吃過的苦，不忍心唐妹再受過一次。」淑敏停了一會，考慮再三才鼓起勇氣繼續說：「事到如今，我這張老臉皮也沒什麼好顧忌的，說出來也不怕你們見笑。我娘家窮了好幾代，為了生活，幾個姐妹被賣做丫環，我因為長相不錯被賣到青樓，我只怪自己命格不好，不敢怨父母狠心。但是，有時我不免會想，假使我今生是張醜臉，可能就只是奴才命，不致於用笑臉去迎接別人丟下的恥辱。所以我一直認為天賜美貌並不是一件好事，如果沒有好命相配，只會使自己更加淪落於萬劫不復之地。我在三十幾歲臨老之時才遇到唐妹她爹，她爹對我是好得沒話說，不顧家族長老的反對，一定要娶我過門。壞就壞在他已經有了一妻一妾了，雖然她爹早已一個人獨居在後院的小屋，但是多了一個女人那種感覺又不同。夫人給我的百般刁難、當眾難堪，我都為了唐妹她爹忍下來了。偏偏連老天爺也要折磨我，就在我剛發現懷孕時，唐妹她爹突然得急病死了。夫人一口咬定是我骯髒的身子害死了老爺，不但不承認我肚裡的孩子，還把我趕出了家門。我無處可去，幸好有青樓的姐妹收留。唉，同病才會相憐。我為了守身便在青樓做僕人，一直到唐妹八歲了才離開那裡。哼，人生如夢。現在想起以前所受的污辱跟痛苦，好像是上一輩子的事，好像是別人的事。在風塵二十多年的生活裡，我真的深深領會到很多古人的智慧。唐妹或許長得出眾，容易引人愛戀，不過你們能說出自古以來天底下最美的女人是誰嗎？不能，對不對？我也不能。因為人一直在出生，英雄好漢、絕色美女不斷在出世。唐妹現在深受洋大人寵愛，但她總有年老色衰的時候，一定會有後繼的年輕姑娘取代她的位子。古人說：色衰而愛弛，愛弛而恩絕。歷來多的是失寵的嬪妃落得悲慘的下場，這就是為什麼做父母的總希望女婿是老實忠厚的人。因為女人一生的幸福，不能單單靠自己的美麗、賢慧或身世，最重要的是靠男人的良心。」

淑敏久未多話，長篇大論之後不免有些喘不過氣，她喝口茶緩和一下情緒，再聽聽其他兩人的意見。

阿材不曾聽淑敏談起往事，現在想起自己先前的舉動覺得過於輕率，欠缺深思熟慮，便慚愧的保持沉默。

林世金則在心中衡量了一番。早上洋大人只是叫他過來看看唐妹辭工後，是否會有生計困難的問題，除此之外，並沒有其它的意思。那，自己該不該多事的替他做好人呢？

林世金想了想，決定讓淑敏更加瞭解狀況，好做為衡量利害的依據。

「阿材叔、大嬸，我今天來不是要當說客的，有些話是我自己想跟你們說，並沒有任何目的，僅僅是想讓你們瞭解目前的情勢而已。我知道背後有很多人叫我是漢賊，但是我對神明起重誓，我現在說的絕對是良心話。那位洋大人雖然外表長得嚇人，心腸卻很好，他不會亂發脾氣，也很照顧屬下、僕人的，更沒有像陳明輝一樣會非禮丫頭。這些優點，即使是一些自許書香傳家的漢人老爺也未必做得到。我還聽另外兩位洋人護衛說，他們一起走過很多地方，但是洋大人是第一次對女人用心，他不只是喜歡唐妹的外表，也一直誇讚唐妹的個性好，所以——。」

「等一下。」淑敏滿心疑惑的打斷他。「你是說唐妹認識那個洋大人？」

「詳細的情形我是不太清楚，洋大人說他們私下見過幾次面。怎麼，大嬸不知道啊？」

「是啊，唐妹什麼都沒說。她也真糊塗，孤男寡女的私下幽會，萬一不小心給人瞧見了，會傳得多難聽啊。可是……，她怎麼會認識那個洋大人呢？」

「嗯……，應該是那一次我們在大街上遇到陳家少爺要非禮她時——。」

「什麼？」兩位老人家同時驚愕的大叫。

「那個畜……那個……那個畜牲……。」阿材一緊張生氣就會犯口吃的毛病。

「不！沒有。阿材叔，別激動，他沒有得逞，幸好我們及時趕到，洋大人把陳少爺嚇跑了。」

「我就知道他是個王八。」雖然沒事發生，阿材還是忍不住要罵兩聲才痛快。

「噢。」淑敏心疼得落淚。「發生這麼大的事，唐妹還不肯跟我說，她自己一個人……。」

「淑敏，不要傷心，對身體不好。我想唐妹是不想讓妳操心吧。」

「阿材，我不是生氣，我是捨不得唐妹受人欺負。我恨我這個老太婆沒有用，才需要她一個黃花大閨女出去拋頭露面。如今受到這種屈辱，她爹若地下有靈，不知道要多麼心疼這個無緣的女兒啊。」

唐妹在房裡聽到母親的話，也是摀緊嘴巴的淚流滿面，最後受不住喉頭的哽咽，便走到後院想透透氣，舒解心中的鬱悶，意外的看到法奧農就站在後門邊探頭。他一見到唐妹就綻開笑容的走向她。

「我不放心，所以過來看看。妳怎麼了？」

唐妹搖搖頭，一時還無法開口說話。法奧農抬起她的臉，極盡溫柔的輕撫她淚濕的臉頰，眼神裡充滿著令人溫暖的關心。

「不要哭，看見妳哭，我會生病。」

唐妹真的停止哭泣了，並且有些接不下話，霎著眼一愣一愣的。

「怎麼了？我又說錯了嗎？」

「我……不知道你要說什麼。但是，我不曾聽過有人因為看到另外一個人哭就生病的。」

法奧農不在意的笑笑，顯得特別瀟灑。「沒關係，只要妳不哭就好了。」

唐妹的心情瞬間變得很輕鬆，只是有些手足無措，既想多跟他相處一會，又怕被屋子裡的人瞧見。她忸怩不安的樣子，看在法奧農的眼裡盡是女人嫵媚的嬌羞。他情不自禁的拉起她的手，當他感覺到異常粗糙的摩擦時，有些納悶的張開她的手掌，唐妹傷痕累累的手心令他既驚訝又憤怒。他氣淑敏的固執害唐妹吃苦；也暗罵自己不該在有婚約關係的情況下愛上別人，反而逼迫心愛的女人無法正常的生活。

唐妹看著他慍怒的臉，以為他是在嫌棄自己，便用力的抽回手背在身後，臉上寫滿自卑與難堪的表情。若不是怕嚇壞她，法奧農真想緊抱她不放。

「你不能在這裡，被我娘看見了，她會不高興的。」

法奧農當然不忍為難她，點點頭說：「好。我要告訴妳，我要去……沙……沙。」他指著遠方的山。

「山？」

「對，山。要去好幾天，妳要等我噢。」

唐妹聽他說話的語氣，覺得自己好像在跟個初牙牙學語的孩子鬨磨牙。

「等你回來幹嘛？」

「我也不知道，但是我喜歡看妳。」

這話已屬傷風敗俗，有違禮教。唐妹再一次的催他離開，法奧農又牽起她的手，親吻受傷的掌心。唐妹羞得趕緊抽回手，躲開兩步。

「你怎麼可以這樣？被別人看見多丟臉啊。」

「沒有關係，我們可以說我是在幫妳把脈。」

有人說，調皮的孩子比較會狡辯。一點也沒錯。

唐妹找不出可以苛責他的話，乾脆想回屋後，他自然會無趣的離開。才一轉身，又被法奧農喚住，他從馬鞍袋裡取出一個小布包遞給唐妹。她打開來，竟是新鮮的蛇莓。小巧鮮紅的蛇莓單是可愛的外型就很討喜，一定花了他不少的時間去找、去採。

她仰起頭正想道謝，法奧農恰好俯下身輕吻一下她的太陽穴，性感的呢喃：「妳要等我回來哦。」他也不等唐妹回話，轉身走了一小段路後，才上馬馳去。

唐妹還怔在原地，體內的血液奔騰急流，快速的衝擊心房，那股酥麻興奮的感覺，久久流連不去。她竟然一點也不介意法奧農輕浮的舉動，完全忘了男女授受不親的規範。

唐妹所知道男女情事：第一種是一個成年男子認為自己夠擔當，可以娶妻生子了，便託媒找一家門當戶對的女子提親，而洞房花燭夜之前，新人雙方大都不曾見過。另外就是像陳明輝一般，只為一己的私慾而不負責任的行為。當然，法奧農的表現也很大膽，卻不像陳惡少那樣含有強烈的侵略感，那樣地令人厭惡。更何況他三番兩次的放下身段向自己示好，這種作風即是陳明輝所望塵莫及的。她已經開始好奇的期待，不知道法奧農下一次又有什麼令人興奮的舉動。

唐妹回到房裡，還聽見母親的聲音。

「我知道你有替我們設想。不過，我雖然出身低賤，但唐妹的父系可是書香世家。我們現在落魄了，總還是良家婦女，連個拜堂都沒有，未免太說不過去吧。再來，金屋藏嬌是應付風塵女子的方法，洋大人心裡有數，唐妹還是清白之身，用貞節換名份並不為過啊。」

「是，大嬸說得有理。我也希望能平平安安的過日子就好，絕不是要踐踏唐妹去爭名求利。洋大人曾跟我說過，他們準備在外海蓋一座大城堡，到時會有更多的紅毛士兵駐進臺員，如果唐妹不能儘快出嫁，將來只怕會凶多吉少。」

「我也不是不懂做人要識時務，洋大人或許是有真心誠意要善待唐妹，只是他有他的國法，我也要遵循我們的禮，否則我怎麼向唐妹的爹交代。」

「是，我瞭解妳的苦衷，有機會我會向洋大人轉達妳的意思。」林世金站起身，準備告辭。「那，說故事的時間到了，我也該走了。」

「說故事的時間？」

「是啊，洋大人很愛聽故事，有時我覺得自己根本是在帶孩子。」

「是這樣啊，那你忙吧。沒什麼好招待的，真不好意思。」

「哪裡，妳太客氣了。阿材叔、大嬸，請留步。」

林世金走遠後，阿材才開口：「淑敏，如果那位洋大人肯拜堂完婚，妳是不是就願意把唐妹嫁給他？」

淑敏對外說得很篤定，其實心裡也拿不定主意。「這要怎麼說呢。洋人的生活畢竟和我們相差太多，我真的不知道要怎麼辦才好。」

唐妹也在房裡嘆氣。所謂天作之合，天若無意，即使兩情相悅也只是徒增傷感、多添恨事罷了。

※ ※ ※

唐妹連日在烈陽下工作，不在乎雙肩因來回挑水澆菜而舉箸困難，一心只盼能趕快結果收成。母親的藥快沒了，這幾天又硬撐著身子幫忙家務，總是累得傍晚一到就上床休息了。

唐妹白天要操勞家裡的生計，只有在晚上入睡前才會放縱自己想念那雙亮晶晶的綠眼、傻裡傻氣的笑容及溫暖的大手。

初一清早，淑敏刻意梳洗打扮，準備到觀音寺敬神。因為她久未出門，到觀音寺有一段不算短的路程，唐妹當然不放心母親一人獨往。淑敏知道女兒工作多，不忍再增加她的負擔，可是她覺得自己無權無勢的，只能拜佛來求取心安，便堅持要一個人獨行。唐妹明白母親一定是為自己的事心煩，而去祈求神明保佑，她不忍拂逆母親的好意，只好一再叮嚀她不能太勉強，累了就在路邊休息一會兒再走。

淑敏上完香，跟師太問候一聲，心裡掛念著早些回家還可以幫忙做午飯，沒有多耽擱的急忙回程。自從自己生病以來，所有家裡的粗活、外頭糊口的工作全落在唐妹一人身上，為了支付每個月固定的補藥錢，唐妹成天操勞卻吃不到多少營養的東西，整個人清瘦得一副勞碌命的樣子，活脫脫是個沒有福氣的媳婦相。當然，她也知道自己半老不死的拖累唐妹，害她找不到好的婆家。這幾天她反胃得厲害也不敢說，只能祈求神明，願用自己的陽壽換取唐妹的好姻緣。

當淑敏一心一意只顧著往前走，過度的在烈陽下曝曬造成頭昏眼花、意識越來越模糊，終至昏倒在路旁。

淑敏慢慢轉醒時，發現自己竟然已躺在自家的床上，她聽到唐妹在後院煎藥，虛弱的喊了一聲，唐妹立刻端了一碗藥進房。

「娘，妳醒了。來，這藥剛煎的，裡頭有加些甘草比較不會苦，妳快點趁熱喝比較好。」

淑敏已經全身虛脫了，還忍不住要說：「藥苦算什麼，妳何必浪費錢多買甘草。」

等母親喝完藥，唐妹才說：「大夫說甘草可以順便消積熱。」

「大夫？」

「是啊，剛剛有大夫過來替妳診脈，他還說妳的胃——。」

淑敏急忙的插話。「妳怎麼會有餘錢請大夫？」

唐妹察覺自己嘴快失言，趕緊起身想走仍被母親一把抓住。

「我都忘了問，是誰送我回來的？」

「是……是那個洋大人。」

「什麼？」

「那個洋大人發現妳昏倒在路邊，不但把妳送回來，還自己花錢請大夫抓藥。」

淑敏彷彿被人一下子抽掉了全身的精力，軟綿綿的癱在床上。

難道真的是天意不可違嗎？唐妹天生的宿命真是躲不過、彌補不了嗎？

淑敏不甘心，老天爺對她太吝嗇了。大好的青春被埋沒在風塵不說，連唯一的孩子都因為自己污穢的過去而無法認祖歸宗，母女倆不得不流落異鄉艱苦的生活，這算不算是禍延子孫？淑敏恨！她願意犧牲一切只求換取唐妹平安的一生，老天爺居然也不讓她如願。無論她多麼努力，就是擺脫不掉失敗的命運。她越想越憤懣，不禁歇斯底里的大哭。

「他何必要多事的救我？欠他這麼大的恩情，我們要用什麼來還？妳嗎？我這沒用的老太婆，到死還要拖累妳，早知道如此，我不如早點一死百了，省得妳每天這麼辛苦的工作。」

淑敏氣憤得不停的捶打自己，嚇得唐妹丟下碗來抓住她的手。

「娘，妳不要這樣，人家洋大人又沒有要求什麼。」

「他想什麼還需要明說嗎？除了妳，我們家還有什麼是他看得上眼的？就算他不強求，有恩不報，我們怎能心安？哎喲，我真是該死啊。」

唐妹抱緊激動的母親，自己也泣不成聲。「娘，我只剩妳這麼一個親人了，妳不要丟下我一個人不管，我會怕。妳如果想不開，我也不要活了。」

淑敏被唐妹的話驚醒，立刻停止哭泣。「妳說什麼？娘不准妳有這種念頭。娘辛苦了一輩子，只剩下妳是娘最寶貝的，如果妳不愛惜自己，娘這一生豈不烏有了？答應娘，一定不能亂來，妳不能害娘白走這一遭，什麼都沒留下，聽到沒？」

「娘，我……。」

「唐妹，不管多難，妳也要想辦法堅強的活下去。妳爹臨終前還一直惦念著妳，所以妳一定要好好的活著，否則就是大逆不孝，知道嗎？」提起摯愛的丈夫，淑敏又湧上淚水。

「娘，妳不要再傷心了，我會聽妳的話。但是，妳也要答應我，讓我侍奉妳到天年。」

「傻孩子，娘是久病年老的人，娘不想拖累妳，誤妳一生。先前我們還趾高氣揚的拒絕人家，現在卻欠他天大的恩情，以後教妳怎麼抬得起頭來。」

唐妹不忍見母親如此自責，衝動的說了一句連自己都驚訝莫名的話。「娘，我自己也想跟他在一起。」

淑敏呆了一會才瞭解剛剛聽到的消息。唐妹從小到大一直是逆來順受、聽話而無所求的孩子，這是她第一次主動開口要求，那她一定也對那個洋大人懷有強烈的感情，既然兩人都有情意，自己怎好破壞？淑敏自己也經歷過愛情甜蜜，體會過那種不由自主的心情，為此她也不能苛責唐妹什麼。現在她只擔心，如果以後那個洋大人辜負了唐妹呢？

唐妹看母親久久不出聲，以為觸怒了老人家，心裡開始慌張。「娘，妳不要生氣，我只是隨便說說，我一切都聽妳的安排。」

淑敏認命的搖搖頭。「傻孩子，娘沒有生氣。不過，妳知道妳在說什麼嗎？」

自古父債子還，法奧農有恩於淑敏，唐妹做女兒的豈能坐視不管？再說，如果女人一定得依靠男人才能生活，唐妹對法奧農的感覺遠比陳明輝和養豬阿雄好太多了。所以她沒有多加考慮便肯定的點點頭。

淑敏嘆了一口氣，她原本還想與命運博鬥，現在卻有一種大勢已去的無奈。她用衣袖抹抹臉，恢復冷靜的神色。「來，扶我到大廳。」

「娘？」

「來，先扶我，待會再說。」

母女倆到了神明桌前，淑敏先要唐妹點一柱香拜李老爺，然後才擲筊杯。三次都聖杯竟沒有令淑敏感到意外，彷彿冥冥之中，一切都已經註定了。

「妳爹答應了，妳自己也願意，但是娘的後半生妳是知道的，如果妳不怕將來吃苦，我實在是沒什麼好說的。明天妳去請妳阿材叔過來一趟，他可以替我們出面。」

淑敏看唐妹面無疑慮的點頭，只能在心底禱告：但願是福不是禍，若是禍也躲不過了。

※　※　※

當阿材向法奧農報告這個好消息時，他歡喜得立刻大叫：「太好了，那你趕快把她送過來。」

所有在場的人瞪向他時，他便知道自己又說錯話了，並且表現得像是個準備蹂躪良家婦女的土匪頭子。勞吉和阿古提緊上前一步，無言的提醒他注意身為貴族的威嚴和莊重。

「大人，」阿材繼續說：「這件事大致上是說定了，我是先來拿大人的八字，好排定迎接唐妹的日子。」

「八字？」法奧農先是蹙眉思索，隨即又笑顏逐開。「好！沒問題。你先等一下。」他神采飛揚的走到書房，很高興終於有機會可以表現一下漢文的造詣。

法奧農戰戰兢兢的拿起毛筆，這玩意兒軟趴趴的筆頭還真不好使喚，太輕了著墨不多，太用力又會使字糊成一團，弄髒紙面。他常常寫沒幾個字便搞得滿頭大汗，難怪漢人會說練書法可以修身養性。

阿材等了兩刻鐘，將面前那一小盤精緻的糕餅吃得連芝麻屑都不剩後，才想到要問林世金：「他在搞什麼把戲？怎麼那麼久？」

「我也不知道。咦？洋人有生辰八字嗎？」

「我也不知道，你說呢？」

「我不曾聽他提起。不過，我知道他們的年歲算法和我們的不同。」

「嗯，那他在裡面做什麼？」

林世金聳聳肩，不想去猜測洋人天馬行空式的想法，太累人了。

又過了一會，法奧農才兩手污黑並得意洋洋地將一張大紙攤在眾人面前。阿材和林世金伸長脖子，傻傻的看著眼前八個大小不一、歪歪斜斜的漢字。林世金雖然一直努力壓抑著即將爆發的笑意，卻藏不住抖動的雙肩，而阿材則是毫無顧忌的開懷大笑。

那八個字竟是儒家提倡的八德：忠、孝、仁、愛、信、義、和、平。

「好、好，寫得好。」

法奧農一副不可一世的神氣，沒人敢拆穿他。

阿材還慎重其事的將紙收起來。「那我先告退了，一有消息我會立刻來回報。」他說完轉身要走，還特別回頭多看兩眼此時意氣風發的法奧農。

第二天，阿材回報說日子定在二十日，法奧農的笑臉立刻垮了。

「為什麼還要等那麼多天？」

「因為那天是好日子啊。」

阿材認為這是理所當然的回答，自然是一語帶過。只有林世金聞到「麻煩來了」的味道。

「好日子？怎麼說？」

「什麼？」阿材莫名其妙的看向林世金，後者很無奈的搖搖頭，表示愛莫能助，但用眼神暗示阿材不要太多話。

「為什麼說那天是好日子？」法奧農的河洛語詞彙進步很多，只是口音還很重。「難道到了那一天公雞會下蛋？」

「呃，不、不。」阿材突然覺得屁股下的椅子好像長刺了，讓他坐立不安的。「公雞不會……應該不會下蛋吧。」

「那為什麼呢？我覺得每天都一樣啊。」

「因為……因為那天是好天氣。」哇！轉得好。阿材開始佩服自己了。

「你怎麼知道？那一天又還沒到，何況今天的天氣也不錯啊。」

「嗯……，就是那一天做任何事都會很順利啊。」阿材覺得舌頭要打結了。

「事情又還沒有發生，你怎麼會知道？」在法奧農聽來，阿材所說的似乎都是敷衍的藉口，他可不希望事情拖久了，節外生枝而美夢成空。

阿材解釋不清，只好可憐兮兮的看向救兵。林世金見他拗不下去才挺身相助，他用荷蘭話說：「大人，我們是用卜卦算出，那一天是個黃道吉日，做任何事都會有神賜福幫忙。」

「哦，就像吉普賽人能預知未來一樣，有意思。好吧，正好我可以利用這個空檔遷入新宅。告訴他，絕對不許耍花樣，否則——，你知道蟒蛇是如何吃人的嗎？」

「什麼？呃，不、不知道。」法奧農迅速的轉換話題，讓林世金一時銜接不上。

「阿古，你說。」

法奧農突然想到一個邪惡的惡作劇，他故意冷酷的命令阿古來執行這項任務，自己翹著二郎腿等著看好戲。因為阿古已經練就了一種技能，可以在唬人、騙人之時，不動聲色、不露一點破綻。再加上他黝黑高大的外表，輕易的就可以收到顯著的效果。

一切都在法奧農的預料之中，阿古僅僅是往前跨一步，稍微眼露兇光，林世金就已經緊握拳頭，不住的吞嚥口水了，隨著阿古說出令人聳駭聽聞的內容，他的眼睛害怕得越睜越大，五官漸漸的扭曲。

「蛇只吃活的食物，蟒蛇吃人也是一樣。蟒蛇吃人時，牠會先用滑溜溜的身體把人緊緊的纏住，等人動彈不得之後，再慢慢的用力，讓人的骨頭關節從頭到尾統統脫節，人的身體就會變成細長條狀，但是這個時候人還沒有死。然後蟒蛇為了要方便等一下容易吞食，牠會用牠那一條細細長長、有嚴重口臭並且黏膩膩的鮮紅舌頭，把人的皮膚、臉、全身上下徹底的舔過一遍，讓人的身體都覆蓋著一層蟒蛇濕答答、惡臭的口水。等所有的步驟都完成了以後，蟒蛇就從頭開始，把人的五官先咬個稀爛，再花一、兩個時辰慢慢的吞到肚子裡，飽餐一頓。」

阿古說完時，林世金已經額頭冒汗、兩眼呆滯，他沒有鞠躬告退，僵硬著身子轉身就走。阿材雖然不明白發生了什麼事，但是林世金的模樣嚇得他識趣的跟在後頭，拔腿就跑。

法奧農畢竟是貴族，即使他已經盡量體恤平民，血統的優越感偶爾會作祟，使他把捉弄低等民族看成是一項娛樂。等飽受莫名驚嚇的人離去後，他和阿古才得逞式的大笑，只有勞吉是一臉的嫌惡。

「你們兩個真令人噁心。我真佩服阿古，知道這種會讓人反胃的事，居然還能保持那麼好的胃口。」

※　※　※

唐妹在這段時間內仍然每天忙著菜園的工作，希望能有一次的收成，這樣母親跟過去就能有自己的私房錢，不致於顏面盡失。偏偏菜園生長的速度緩慢得令人心急和失望。

中午唐妹回屋休息，正好春玉過來幫淑敏一起縫製唐妹的新衣。由於唐妹不是正式出嫁，三人都沒有辦喜事的興奮之情。此時，唐妹才知道母親並沒有要和自己一起過新生活的打算。

「說什麼傻話，我怎麼可以跟過去？你們又沒有拜堂完婚，他算不上是我的女婿，哪有要他奉養我的道理。我現在的身子也做不了多少事，待在那裡吃閒飯，萬一有一天他看我礙眼，遷怒到妳身上怎麼辦？而且，妳是沒名沒份的跟著他，我這做娘的已經很不應該了，再跟過去爭飯吃，別人還當我是賣女求榮。一旦外人瞧不起我，自然連帶的也不會看重妳這個做女兒的。」

「可是……，我不放心妳一個人啊。」

「不要緊，我會想辦法的。」

「不行，如果像上次一樣……，到時候我不在妳的身邊怎麼辦？」唐妹的聲音哽咽了。

淑敏慚愧自己是個無用的累贅，低著頭無話可說。唐妹也很難過自己傷到母親的尊嚴，但是現實的問題又無法漠視。

春玉在一旁看這對母女只會替對方著想，心裡也很感動，很想助一臂之力。「唐妹，如果妳不放心，我就搬過來跟妳娘做伴好了。」

淑敏心頭上高興，嘴巴還是客氣的說：「春玉，怎麼能麻煩妳呢？」

「不會啦，我自己一個人住也很孤單，有妳一起做伴日子也比較好過。」

唐妹這才破涕為笑，覺得認識善解人意的春玉真是她們母女倆的福氣，明明吃了虧還要安慰別人，好像佔便宜的是她似的。

第七章

二十日那天清晨，唐妹梳洗妝扮好了以後，淑敏小心拿出珍藏的首飾，是李老爺遺留的金手鐲和青樓的姐妹們送給唐妹的項鍊。她搓揉著金手鐲，不禁想起當初夫君為自己戴上時的柔情蜜意，這麼多年過去，她還是無法克服相思之苦。

「這是妳爹留的，我現在給妳，將來妳也要傳給妳的孩子。本來還有妳大哥送的項鍊，都怪我身子不爭氣，前年才會賣掉。這條項鍊是我在青樓的姐妹們送的，她們都是我們的救命恩人。當年若沒有她們慷慨的收留，我很可能會餓死街頭，妳也就不會出世了。所以如果妳夠好命可以享受榮華富貴，千萬不能吝嗇，有機會的話要多幫幫可憐的人，知道嗎？」

唐妹順從的點點頭。淑敏緊抓著她的手不放，想到她以後的生活不知是好是壞，鼻頭一酸，眼淚撲簌簌的掉下來。她突然才覺得時間過得太快了，她還沒有好好疼愛唐妹，捨不得放她離開。唐妹也克制不住傷感，手忙腳亂的替兩人擦拭泉湧不止的淚水。直到春玉進房來說時辰到了，該祭祖了。

法奧農看著嬌羞的佳人，心中充滿著驕傲與滿足。但是他仍然忍不住好奇的問林世金：「她現在在做什麼？」

大概是辦喜事的關係，林世金的心情很好、很鬆懈，沒有細想隨口就答：「因為她現在要離開家了，所以要知會她爹一聲。」

話一說完，三個洋人立刻迸出三個問題。

「你說那塊木頭是她爹？」

「她爹死了變成木頭？」

「你們的木頭聽得懂人話？」

林世金的雙膝不由自主的開始打顫，心裡禱告：佛祖保佑，千萬別再問了。「不，大人，以木頭稱呼過世的祖先是大逆不孝。」

「可是，你說那塊木頭是她爹？」

「可以這麼說。」

勞吉搶先問了一個蠢問題：「難道你們是從木頭裡生出來的？」

「當然不是！」

「既然如此，那塊木頭怎麼會是她爹呢？」

「是這樣子的，這是我們漢人一項優良的傳統。當一個人過世的時候，他的後人就會為他立這個牌位，意思是要感念緬懷他的德澤餘蔭，不忘飲水思源的道理。這樣過世的人也會保佑家裡的人躲避災禍，有時也可以指點迷津、解決問題。大人，這是很靈的，所以是不能亂說話的，以免引起祖先的不悅，降災惹禍那就糟了。」

「哦，我懂了。」勞吉恍然大悟。「你的意思是，人死了以後的靈魂會附在這塊木頭裡作怪，對不對？」

作怪？這個說法恰當嗎？不管了，只要能讓他們閉嘴，林世金是很樂於妥協的。但是阿古又殘酷的加了一句。

「當漢人不好，死了以後也不得安息。」

林世金連忙否認。「不，其實祖先也捨不得離開我們，很喜歡我們去找他們呢。」

林世金回答得有些心虛，還一邊奇怪法奧農今天怎麼這麼容易對付。

其實法奧農是在整理林世金教他的資訊，他不太確定的問：「我記得你說過，人死了以後的靈魂會離開肉體去投胎轉世，是不是？」

「嗯，是的。」林世金小心回答，就像準備應戰一樣。

「既然靈魂會轉世再生做人，又怎麼會附在木頭上呢？」

「這……。」

「所以，木頭還是木頭囉？」

「不、不，因為人有三魂七魄，而且這……這不只是一種形式，而是……而是一種感恩的心情，呃……，一種……一種精神傳承……，一種無形的道德教育，就是潛移默化……。」

林世金原本為了悍衛民族精神而勇敢的仗義直言，但是在三雙半信半疑的眼神威逼之下，越說越搞不清楚自己在講什麼，漸漸的沒了聲音。他不敢看向引頸企盼等待答案的三人，暗地裡慶幸他們不是用河洛話在交談，否則一旁的阿材聽了不知會有什麼反應。過了一會，一知半解的法奧農和勞吉放棄了他會解釋的希望，阿古則用一副高深莫測的表情說：「我瞭解了。」算是解除了林世金的尷尬。

法奧農突然又想到一個問題。「我一直忘了問你，以前唐妹的母親堅決反對這種安排，現在為什麼又同意了？」

林世金鬆了一口氣，還好這個問題很簡單。

「大人，那是因為您救了她一命。我們漢人的習俗是有恩必報，而大嬸家沒有值錢的東西可以回饋，正好您喜歡她的女兒，所以她當然是玉成好事囉。」

就這麼簡單？當初法奧農救淑敏只是基於不能見死不救的人道精神，並不要求任何的回報，現在輕易得到這麼大的獎品，那他的努力算什麼？等一等！如果……，他向林世金求證心中的疑問。

「如果救她的是那個姓陳的壞蛋，她是不是也會將唐妹送給他？」

「嗯……，應該會吧，感恩圖報嘛。」

原來她是被迫而非自願的。法奧農的胸中升起一股憤怒之氣，感覺自己像是用另一種形式的暴力征服她。從外表看來，唐妹是屈服於他的不擇手段而不是他本身的魅力。

啟程的時間到了，法奧農的心情還是很惡劣，他沒有向淑敏等人打招呼，逕自的上馬走遠了。

淑敏倚在門邊靜靜的流淚，心中一直默念著：老爺，你要保佑我們的女兒……。

倒是春玉幾乎可說是號啕大哭，阿材便將氣悶的情緒轉移到她的身上。

「妳這婆娘真是的，好好的大日子哭什麼嘛。」

春玉抽抽噎噎的回答：「你看啦，他們兩人站在一起，身材體型差那麼多，就好像……就好像是老鷹抓小雞。」

阿材既想哭又想笑，一口氣嗆在喉嚨，咳個老半天終於也淌下清淚。「不會的，我感覺得出他是個好人，我相信他是的，我相信……我應該要相信……。」

※　※　※

由於沒有正式的拜堂和熱鬧的宴客，唐妹覺得自己好像是在搬家。她一到新宅就由一位丫鬟引進主臥室，等她坐定後，丫鬟便恭恭敬敬的打揖行禮。

「夫人，我叫素芬，聽候妳的吩咐。」

唐妹打量她大概比自己小兩、三歲，驚慌閃爍的眼神好像已準備好接受隨時的責難。

「夫人，妳現在要不要梳洗更衣？」

「妳去休息吧，我自己來就行了。」

「可是……。」

「沒事的，妳去吧。」

素芬還摸不清主子的性情，不敢堅持的違背她的意思，便靜靜的告退了。

其實唐妹此刻的心情和素芬一樣都是惴惴不安。她坐在床邊，好奇的撫摸柔軟的床墊和蓬鬆偌大的枕頭。她瀏覽房間四周，看得出這是一棟匆促建造的大宅，使用的是一種俗稱紅毛土的建築材料，樑柱、牆垣都沒有傳統的中國式建築裡一些辟邪精美的裝飾，除了必要的傢俱外，一切顯然都以簡單實用為主。唐妹說不上這房子是屬於外來文化的風格呢，或者擺明了他只是臺員的過客，不願在臨時住所花費金錢與心思去裝修。

她走向刻著雕花的梳妝臺，拉開一格格的小抽屜，裡面有各式各樣的首飾，還有不少的番圓。看來他對女人並不吝嗇。唐妹當然知道男人可以利用權勢金錢任意的收買女人，然後厭倦了再草率的打發走，這種陋習存在已久，不足為怪。只是想到自己也淪為這種命運，就像一群待宰的豬裡其中平凡的一隻一樣，她怎能不傷心呢？她要如何讓洋老爺知道她在乎的不是榮華富貴呢？

唐妹一直忐忑不安的在房裡等待，而法奧農卻在花園裡兜圈子生悶氣。自從知道那個下流齷齪的陳惡少和自己一樣，都可能擁有她便一直滿腔怒火，一個欺負弱小的好色之徒怎堪與他相提並論呢？當然，奉父母之命完婚是應該的，但是自己之前曾經追求她，難道這對她一點意義也沒有嗎？

唉，為什麼他得到想要的東西，心中卻有很大的挫敗感？是了，因為他要的是唐妹的愛，而眼前看來唐妹對他似乎沒有任何好感，才會任由母親安排。這樣一來，如果他真的是紳士，他應該讓唐妹繼續過她的生活，永不打擾她。

法奧農在薄暮時分踏進房裡，夕陽的餘暉襯托唐妹更加的柔美，四周暈黃的氣氛讓法奧農彷若置身夢中，他小心翼翼的走向夢想，試探遙不可及的神聖。

「我在作夢嗎？」

應該不是，因為夢想回話了。「你說什麼？」

唐妹似有若無的微笑，更讓法奧農痴迷若狂，剛剛決定赦放她自由的高貴情操，早就跑得無影無蹤。他知道自己遇上生命中的小冤家，再也無法放手了。

※ ※ ※

唐妹慣性的天沒亮就起床了，她小心輕聲的梳洗並穿上法奧農為她準備的新衣。她希望能早些回家，卻不知該如何喚醒法奧農，只好坐在椅子上枯等。

幸好法奧農也有早起的習慣，過沒多久他一個大轉身，一隻手伸向唐妹的位置摸索，撲了空才朦朧的醒來。

「妳起這麼早？」

唐妹也免不了新少婦的嬌羞，她滿臉通紅的說：「我想早點回娘家。」

「什麼？」這下子法奧農完全清醒了。

「我等一下要回家。」

「這怎麼可以？」他一急再加上使用不熟悉的語言，不知不覺又出現了孩子氣的語調。「妳怎麼可以拋棄我？不、不，我是說，妳應該帶著我啊。不，也不對，妳不是要和我在一起嗎？」

「是啊。」

「那妳怎麼可以偷偷的跑回家，不理我了呢？」

唐妹露出溫柔、耐性的笑容。「我沒有要偷跑。第二天回娘家是我們河洛人的習俗，我下午就會回來了。」

法奧農聽了唐妹的解釋，又看到她的笑臉，心裡一高興，自然露出她熟悉的傻笑。

「妳笑起來好美，好像狐狸精。」

這個人哪，總有辦法把人弄得不知所措。

「妳一定要回來噢，不可以去找別人，要回來這裡噢。還有，來。」法奧農牽著唐妹走到梳妝臺前，拉開一些小抽屜。「這些都是要給妳的，還有錢，妳可以去逛大街，愛什麼就買什麼，好不好？」

望著法奧農熾熱的眼神，唐妹全身沐浴在被寵愛的感覺裡，一種陌生又令人回味不已的甜蜜。她大膽的提出要求。

「老爺，我娘家的環境不好，所以我想到廚房拿些剩菜回家，可以嗎？」

「有好的為什麼要拿剩的呢？妳儘管拿，不過一定要記得回來這裡噢。對了，叫阿古送妳回去比較安全。」

「謝謝老爺。」

唐妹只帶素芬和阿古同行回娘家，她堅持不坐轎，是因為自己並非出嫁，大排場會讓人誤以為她敗德求榮而大肆招搖。

唐妹一進門，淑敏和春玉立刻圍上來檢查她是否有受到重大的傷害。

唐妹靦腆的支支吾吾。「娘，我沒事啦……。」

夫妻間的事，淑敏也不好追問得太詳細。「回來看看就好，不要拿那麼多東西。」

「妳放心，我沒有太貪心。」

阿古嫌惡的看了四個女人一眼，覺得全世界各地的女人都一樣，兩、三個湊在一塊就能開個菜市場。他感到無趣便自顧自的坐在門廊下。

唐妹帶來的東西都發落好以後，淑敏才瞅著素芬細瞧。「這小姑娘是誰？」

素芬請個安。「老夫人，我叫素芬，是夫人的貼身丫頭。」

「噢。大家都是苦命人，也不要分主僕，一起坐下喝杯茶吧。」

「謝謝老夫人。」

素芬剛落座，阿古立刻大喝一聲，嚇得四個女人縮成一堆打哆嗦，活像一群小老鼠似的。

阿古的用意是，雖然唐妹沒有正式的身分，但畢竟是主子心愛的女人，看在法奧農的面子上，他不希望唐妹在下人面前失了尊嚴。他的外表嚇人，女人們即使人數眾多也沒人敢吭聲。最後還是唐妹緊握母親的手，硬擠出一絲勇氣，結結巴巴的說是自己的意思。因為人少無需太拘束，氣氛也會融洽些。

阿古的河洛話程度還停留在聽的階段，他勉強認同了，但還是從鼻子裡哼出好大一口氣。

中午唐妹喚他同桌吃飯，他倒沒有拒絕。他大個子的身材就獨佔了一張長條凳，筷子在他的手裡像是加大的牙籤。之前她們曾聽說他的食量驚人，現在才見識到他的吃相有夠粗魯。

阿古不在乎她們略帶譴責的瞪視，笨拙的用筷子追逐一塊雞肉。兩隻筷子就像人的腳在桌面上蹦蹦跳，最後獵物終於被逼至墜落地面，他無所謂的撿起來，輕吹兩口氣再送入嘴裡大聲的咀嚼。圓滑的滷蛋也是。從大碗彈跳到桌面，他直接用一隻筷子戳起來塞進口中，不小的滷蛋遇上他的大嘴巴立刻變成小丸子。

阿古吃得津津有味，完全沒有注意到身邊的女人們被他嚇得食慾盡失。

※　※　※

唐妹是習慣勞作的人，現在換了個陌生富裕的環境，大小事都有人服侍，再加上法奧農每日早出晚歸，她又畏懼僕人們異樣的眼光，只好每天在房裡閒得團團轉。她不停的擦拭桌椅傢俱，搶盡了素芬和粗活丫頭的工作，對素芬要她保持尊貴的勸告也當耳邊風。

第一天，兩個丫頭惶恐的要求唐妹不要害她們被老爺責打，後經唐妹擔保，她們才危顫不安的立在一旁看唐妹做事。到了第三天，兩個稚氣未脫的小丫頭已經坐在桌邊翹腳嗑瓜子，嘴裡還滔滔不絕的道出自家的大小事、祖宗八代。當法奧農突然跨步走進來時，她們嚇得跌下椅，趴跪在地上發抖。

法奧農直接走向唐妹，一把搶下她手中的抹布隨意丟棄，眉頭佈滿慍意與不解。

「妳為什麼在做事？」

唐妹鎮靜的回答他：「人活著就是要做事啊。」

「我不是要妳來做事的。」

「可是時間那麼多，不做事的話……。」

法奧農沉吟了一下，只想到一個主意。「我帶妳去散步。」

他拉著唐妹的小手，默默的在花園裡來回踱步，兩名護衛在遠處守候他們。幾分鐘過去了，仍不見那一對金童玉女在交談或做出任何親暱的舉動。

勞吉帶著譏笑的語氣問阿古：「他這是在幹嘛？溜狗啊？」

黑人聳聳肩，口氣很淡然。「誰都知道愛情是愚蠢又沒有用的東西，所以只有女人才會妄想它。」

「是嗎？」勞吉眨眨眼，存心挑釁。「可否請教一個深奧的問題。」

「幹什麼拐彎抹角的？你是小人啊？」

勞吉沒有動氣，他瞭解阿古是用這種口頭上惡劣的表達方式來平衡他暴躁的脾氣。

「你有沒有想過，如果只有女人才需要愛情這種廢物，為什麼不斷的有男人為女人搞得身敗名裂、毀家亡國，甚至特洛伊戰爭還為了一個海倫打了十一年，所有死亡的士兵都無怨無悔？」

阿古聽完後的表情，足足可以讓敵人嚇得自動繳械投降。他語氣僵硬的說：「你知道你有多討人厭嗎？」

另一邊的法奧農心情也不好，他與唐妹之間的關係發展不如他預期的順利。唐妹雖然從不拒絕他，但也不曾主動接近他，而他直覺唐妹應該是個感情澎湃的人才對呀。為什麼她一到白天總是表現得像個陌生人呢？

其實唐妹現在的心態很自卑，她自認沒有正式的出嫁，一直很擔心別人議論她是淫蕩的女子，所以刻意時時保持莊重的態度。而她認為自己和法奧農之間是屬於苟且之事，萬不能在光天化日之下親親我我。

法奧農氣自己像個呆子，在所愛的人面前竟然無話可說。他先摘下一朵花遞給唐妹，然後再執起她的手，摸著她手掌上的厚繭，緩緩的說：「妳可以做任何妳喜歡的事，只是不許妳做下人的工作，我不許妳再吃苦了。」

「老爺，你怎麼會這麼說？我不曾吃過苦啊。」

「妳以前每天要做工，回家還要做很多雜事，我也知道妳常常吃不好，難道妳不覺得苦嗎？」

「我做的是每人每天都應該要做的事，過日子就是這樣，怎能說是苦呢？」

「妳從早忙到晚還不覺得苦？難道要累到昏倒才算是？妳看看妳自己，瘦得像光禿禿的樹還不抱怨，妳娘是怎麼教妳的？」法奧農因心疼她，說話的語氣便越來越急躁。

唐妹不懂他為何生氣，本來不敢應聲。可是他莫名的錯怪母親，做子女的理該挺身維護。

「老爺，你這樣說好像是在指責我娘虐待我。我娘生我、養我也很辛苦，我如果輕易的喊苦就是對我娘不孝，別人也會誤以為她的婦德不夠，才會生出我這個不孝女。更何況，我沒有聽過有人因為工作太累而痛哭，筋疲力盡只要睡過一晚就能恢復；吃得不夠飽，咬緊牙挨到下一餐餓不死就好了。人生本來就不盡如意，這點磨練根本不算什麼。」

法奧農聽得啞口無言，直覺真不可思議，這麼看似弱不禁風的小女人竟有如此之大的承受力。他再開口時，心裡已有一絲敬畏。

「那妳認為怎樣的情況才是苦？」

唐妹知道好女人不該高談闊論。她隨意的聳聳肩，輕鬆的轉個身想繼續往前走，法奧農靈活的攬她回來。

「妳怎麼不說呢？」

唐妹掙開他的手，保持適當的距離之後，才正經的說出令他失望的答案。

「我不知道，沒有想過。」

「沒有想過？」

「有什麼好想的？日子過得下去自然就不苦啊。」

法奧農搖搖頭，如果現在跟她對話的是阿古那個火爆脾氣的急性子，一定會氣得拿刀自戕。

「那妳現在想一想，怎麼樣才算是苦？」

唐妹用看稀有動物的表情對他。真是奇怪的人哪，沒有的事有什麼好想的？

她越是推託反而越激起法奧農的好奇和追根究底的個性。他改用誘導的口吻說：「好啦，妳想想看嘛，我真的很想知道妳是怎麼想的。妳用力仔細的想一想，然後說給我聽聽嘛。」

法奧農微啞、渾厚的嗓音好像會催眠一般，唐妹真的乖乖的在腦海翻開一層一層的記憶。

苦啊，應該是難以忍受的感覺，是肝腸寸斷；是痛不欲生；是纏繞糾結擺脫不去；是綑綁三魂七魄糾纏到至死方休。

此時，這種刻骨銘心的震憾，唐妹想到的不是已身的皮肉之痛。刺痛她平靜的心靈是母親受不住相思的煎熬，在寂靜的夜裡，斷斷續續的嗚咽失聲；是大哥累積多年良心的苛責與悔恨，在自己的小妹面前化成一股洩洪奔流的淚水；是春玉嬸每日早晚遙望天際，呼喚獨子的殷殷期盼；是阿材叔因侏儒外表而自慚形穢，始終任人調侃……。

法奧農看見唐妹的眼睛閃著盈盈淚光，趕緊出聲打斷她痛苦的回憶。

「唐妹，乖，別哭，不要再去想那些可怕的事了。」

「不是可怕。」

「那是什麼？妳願不願意告訴我？」

法奧農溫柔的誘哄讓唐妹覺得很有安全感，她差一點要全盤傾吐而出。她猶豫了一下，決定挑個比較安全的話題講。

「我認為春玉嬸和阿材叔才是真正苦命的人。」

「他們怎麼了？」

「春玉嬸待人很好，可惜她很早就守寡，唯一的孩子阿榮兄又在三、四年前出海捕魚後下落不明，到現在一點消息都沒有，也找不到相關的人可以探查。這幾年來，春玉嬸的心好像被懸在半空中，沒有一天可以安寧。」

「那，那個……。」法奧農對阿材想不出一個適當的稱呼。

唐妹用手巾輕擤鼻頭，哭過之後的感覺比較清爽，好像心頭上厚厚的陰霾散開了。這是她生平第一遭如此盡情的向人傾訴。

「我認為阿材叔生來矮小並不是他的錯，但偏偏有很多人看成是他上輩子作孽太多的教訓。這種想法一點也不公平。不管上輩子如何，經過一次輪迴，這輩子應該是全新的開始才對，就像人如果犯法，只要坐牢和真心的改過，便等於抵銷了他的罪過，可以重新生活一樣。可是大多數的人都不這麼想，所以阿材叔才會娶不到老婆。很多男人都不看重他，當他是小孩子一樣的使喚，常常還沒聽完就認定他的主意很可笑。可憐阿材叔心地善良又滿懷古道熱腸，每次他興沖沖的不計代價要幫助別人，事後卻得不到對方的一句感謝。他這樣委屈求全，要的只是希望周圍的人對他多一點尊重而已。結果別人越是不在意他，他越是急著要去討好，因為他想扳回矮小所受的侮辱。」

這些有違輿論的話，唐妹一直放在心底，因為她知道與人爭論只會惹來旁人的訕笑和冷嘲熱諷。可是，她直覺法奧農會瞭解的。

法奧農拍拍她的肩背，心中也很有感慨。他知道附近的海域常有海盜出沒，那個叫阿榮的小伙子大概是回家無望了。至於那個矮老頭……，說來好笑，若沒有他的好管閒事，法奧農也無法和唐妹締結良緣，這麼算來，他可是自己的大媒人呢，理當要好好謝謝他才對。

「唐妹，我明白妳所說的。我會交代下去，以後不許有人對他們無禮，好不好？」

面對這麼大的恩惠，她怎能拒絕？

「多謝老爺。還有——。」做人最忌得寸進尺，她趕緊就此打住。

「什麼？妳說嘛。」

「老爺，我知道你白天都很忙，既然你不准我做事，嗯……，我娘的身子不好，我希望能常常回去看她。」

說不行的話，顯得自己自私又無情，一旦答應了又會減少很多和唐妹相處的時間。法奧農知道要做一個完美的紳士就要有諸多犧牲。

「好吧，不過還是要有阿古陪妳，我才能放心。」

「是，謝謝老爺。」

第二天唐妹回家時，淑敏以為她被拋棄了。

「沒有，娘，妳不要瞎操心。我在那兒什麼事都不能做，日子閒得發慌，就求洋老爺讓我常常回來，他也答應了。」

「是這樣，看來他人還不錯。不過，妳應該要好好服侍他才對，這樣三天兩頭的往娘家跑好嗎？還每次都拿這麼多東西回來。」

「妳也太小心了，淑敏。」春玉在一旁插嘴：「既然他要對我們好，妳何必客氣？而且他這麼大方，表示他一定很疼唐妹，妳應該要高興才對。」

「春玉嬸，為了我，麻煩妳過來照顧我娘，我實在不知道——。」

「別說了，我可沒有吃虧，若沒有搬來這裡，我還吃不到這些好東西呢。倒是妳沒事要常常回來，妳娘每天都在唸著妳，翻來覆去的就那幾句，簡直比唸經還糟糕。經文的內容起碼還比較長一點，我現在把耳朵摀起來都知道她在講什麼。」

唐妹看母親笑開了才彎身到廚房，她熟練的舀起一勺水準備要洗灶邊時，素芬走了過來。

「夫人，我來就行了。」

「不用了，妳去前廳坐著就好。」

「不行，夫人。我本來就是老爺買來要侍候妳的，如果被老爺發現不需要我，一定會把我送回家，可是我爹已經收了錢，我底下的弟弟妹妹還很多，我不能回去爭飯吃。說不定，老爺會把我轉手賣給很壞的主人呢。」

「那好吧。」

唐妹不想為難她，放下手走到後院，驚訝的看到阿古正在整理雜亂的柴火。她見自己無事可做才折回前廳陪母親說說話。

下午唐妹要回大宅之前，避開母親將春玉拉到一旁，遞給她一袋番圓。

「春玉嬸，這錢是洋老爺給我的，我在那兒衣食不缺的用不著。我不能天天回來，我娘的身子又不好，這錢妳先留著，萬一有事要用也比較方便。」

「妳放心，錢我先留著，我不會亂用的。妳也不用擔心妳娘，倒是妳自己要謹慎些，雖然那個洋老爺現在對妳不錯，但是往後的日子還很長，妳可要替自己好好打算。」

「嗯，我知道。」

※　※　※

唐妹現在已能適應大宅的生活了，她開始學習園藝，將大部份的精神放在栽培花木上。

她每隔兩、三天回家一趟，除了看望母親，也盡量的帶些補品給兩位老人家。她不習慣使喚僕役，對素芬很是寬容。素芬生性耿直，自然就完全效忠主子。只是，她們對每次回娘家有阿古跟著覺得很頭痛，他經常百般無聊的一動也不動的蹲坐在門前，從遠處看過去，不知情的人還以為突然多了一尊黑石獅子。因為他的存在，女人們不敢恣意的談笑，更別說他在飯桌上弄斷了好幾雙筷子。唐妹不得已，只好請求法奧農不要再派阿古出差，以免老人家不自在。

法奧農的理智告訴自己，這麼做非常危險，事後他不斷的自我反省，為什麼無法拒絕唐妹殷殷哀求的眼光呢？阿古知道他的決定以後，除了嗤之以鼻，還盡責的建議他要派兩個可信任、機伶點的普通護衛遠遠的保護她們才妥當。

一天早上，法奧農坐在花園的涼亭中，石桌上擺滿著酒菜，他卻無意動筷。一種莫名的煩惱讓他四肢無力，渾身不舒服。心情已經夠鬱悶了，他不想腦袋瓜也混濁不清。

他繼續視而不見的瞪著前方，無法集中注意力思考任何事情。也許應該喝酒，把自己搞得迷迷糊糊的就不會在意那個似痛非痛的癢處。但是，一想到隔天的宿醉，他的頭現在就痛起來了。

法奧農在不知進退之際，勞吉和阿古搖頭擺尾的晃過來。

「喲，大人真是好雅興，一大早就在品酒賞花。」

「閉嘴，勞吉。我最討厭看到你這種幸災樂禍的嘴臉。」

阿古認為美食當前，耍嘴皮子就是浪費時間，他一坐下便自顧自的在一旁大快朵頤。

「怎麼啦？大人。我以為得到美嬌娘之後，您應該會把她整天黏在身上不放才對。」

「不，她回娘家了。」

「又躲回去啦？如果您不高興她老是窩在娘家，可以直接跟她說嘛。」

「不，問題不在這裡。」

「哦，是嗎？」

法奧農用力的耙耙頭髮，千頭萬緒的不知要從何說起。勞吉悠閒的剝起一根香蕉，他估計不用超過一分鐘，某個人的脾氣就要爆發了。果然法奧農沒有讓他失望。

「我實在沒有想到。我以為她柔弱無助、生活艱苦，會很高興有我幫助她脫離苦海，會迫不及待的投入我的懷抱。結果呢？她竟然一點也不需要我。她每天都找得到事情做，澆花、回家、縫縫補補、跟那個貼身丫頭吱吱喳喳，過她一個人的生活，連正眼都不瞧我一下。前幾天，她在縫製一堆新衣服給娘家的婆婆媽媽，我無話可說。好不容易盼到她在縫一件男裝，我說尺寸太小了，她卻說她有量過身材剛剛好，那件衣服是要給那個侏儒矮老頭的，而我連一條線頭都分不到。我甚至不敢問她，她到底有沒有把我放在心上。連我送她女人夢寐以求的珠寶首飾，她也覺得是多餘的而不願意戴。對她來說，我的存在是可有可無的，一點影響都沒有。我真不敢相信，我居然會認為自己像個廢物一樣。」

法奧農激動得聲調越來越高，他大喘一口氣才發現剛才到現在，自己一直像個沒有觀眾的丑角，無人理睬。

「你們……不說些什麼嗎？」

勞吉輕描淡寫的一語帶過。「愛情讓您學會了抱怨。」

阿古則很不情願的放下手中的雞腿。「好吧，您到底想怎樣？」

「我想怎樣？我為她神魂顛倒、寢食難安，她卻像個沒事人似的悠哉悠哉。我要求她對我多一點熱情，這算過分嗎？」

「要她愛您？噢，這是我聽過最愚蠢的念頭。」

「什麼？」

阿古停止進食，很認真的說：「首先，您必須要先瞭解漢人的想法。漢人夫妻有很多是在結婚當天晚上才第一次見面，在他們的觀念裡，人生就是做個好人，安分守己的努力生存下去，傳宗接代並延續祖先的傳統。至於要嫁娶什麼人並沒有多大的差別，愛情這種東西根本不重要。」

「是啊。」勞吉接著說：「有時候，我覺得富人遠比窮人悲哀。窮人可以從艱難中領略生活的甘苦，一點小恩惠就可以謝天拜地的樂上好幾天，所以窮人多比富人虔誠、易於滿足。而富人因為生活無虞，反而像無頭蒼蠅似的整天無所事事，不懂得生存的樂趣，不知道活著是幹什麼。就像漢人說的，吃太飽會想要找女人——。」

「飽暖思淫逸。」

「非常正確，但是請不要挑我的語病。而您又比一般富人容易厭倦，因為您有錢有勢，也嘗過冒險新奇的生活，領略過生死邊緣掙扎的刺激，反覆不變的日子已經不再吸引您了。現在您追求愛情，是因為這是您不曾感受過的領域。對目前的您來說，簡單的愛情反而充滿了神祕、一觸即發的興奮感。」

法奧農幾乎是聽天由命的嘆氣。「那麼，兩位大師，我現在該怎麼辦？」

阿古搖搖手中的雞腿骨，好像隨時會用它來剔牙。「解決問題之道，就是不要把事情想得太複雜，事情一簡化，答案就呼之欲出了。」

「簡直就是廢話，快說！」

「大人，請注意您的身分地位。那個小女人不懂得愛情，是因為以前的生活根本沒有多餘的精力去注意這些沒有必要的東西，但是這並不表示她沒有愛人的能力和感覺。所以，您不妨放下尊嚴，用您的男性魅力去追求她，讓她體會身為女人的快樂。」

法奧農沉吟似乎沒有這麼簡單。不過阿古因為一度淪為奴隸，所以有時他思考的角度是與眾不同，他理解的方式常叫人大感意外。果然他又說出驚人之語。

「說起來，愛情有點像漢人所注重的孝道。」

法奧農懷疑的說：「愛情和孝順？有時根本不能並存，怎麼會一樣？」

「兩者的出發點不盡相同，進行的過程卻大同小異，無法並存是因為人都有自私的獨佔慾。愛情和孝順最大的不同是，孝順的對象是天註定無法選擇的；而愛情則是隨心所慾，有時只是膚淺的虛榮心在作祟。」

「我承認她的美麗令我著迷，我更好奇她怎能同時兼具女人的柔軟嬌媚和百折不屈的堅強。」

「漢人的孝道啊，我深思熟慮了一番，應該算是利用血緣的親密感和良心的愧疚所強制執行的一種規範。漢人的家庭教育是，父母如果窮困潦倒是可以任意賤賣孩子，但是孩子一旦長大就得無條件的侍奉父母，包括不合理的要求在內。因為父母是賜予生命，扶養長大者，這種生養的天大恩惠，即使要犧牲奉獻一切也不為過。所以，通常被賣的孩子不會怪父母狠心，只能認命的自我安慰是自己的命格不好。在我看來，他們美其名是孝順，其實孩子根本就是父母的奴隸，全世界最快樂知足的奴隸。」

法奧農不悅的反問：「你認為我是她的奴隸？」

阿古露出洞悉一切的微笑。「難道不是？到目前為止，她對您提出的要求，您拒絕了哪一項？」

法奧農認真的回想。哇！還真的沒有。

「沒有，對不對？」阿古灌了一大口酒，以絕對正經嚴肅的表情繼續說：「以利害關係方面來說，漢人提倡孝道實在是聰明之舉，畢竟每個人都會邁向年老體弱，孝順就是實踐老人福利最好的方法。你可以刻薄的說是為自己的往後做鋪路。若以慈悲的眼光來看，孝道是一種無私、高尚的行為，不為任何利己的目的，只求盡自己最大的力量問心無愧的付出，純粹是在盡一個人生義務，努力讓自己成為一個好人的必要修養。但是，兩者同樣以人類的情感做基礎，愛情就顯得複雜多了。因為愛情是一種兩方互相往來的精神享受，所以它無法用金錢來做買賣。又因為它沒有固定的形式、沒有一定的範圍，愛情的內容可說是千變萬化、捉摸不定，並且隨著時間的磨練，還能衍生出多種樂趣，促使您樂此不疲的振奮精神去探索永無止境的層面。如果您想抓住它，維持住那種喜悅，就得時時保持熱情的活力，您可以說愛情是沒有後遺症的最佳提神劑和春藥。只是令人無奈的是，真愛和孝順都不是以求有利益的目的為出發點。兩者最大的共同點是，有時候您用了很大的毅力和苦心也得不到對方的回應與感激，卻仍能無怨無悔。總之，漢人推崇孝道不是沒有道理，因為完成孝道的時間既漫長又苦澀，真是考驗人格的試金石。愛情亦然。對了，別忘了很重要的一點。不管您是高官厚爵或腰纏萬貫的富豪，如果您希望有人孝順或回報愛情，一定要從己身開始做起，主動給予與關心。以身作則永遠是最快、最有效果可以感動別人的方法。」

「不，這樣還不夠。」法奧農疲倦的揉揉鼻樑。「雖然她人在我的身邊，可是我總感覺不到她對我的關心，她只惦記著老母親，好像什麼人做她的丈夫都無所謂。」

「要接受新的事物原本就不是那麼簡單。更何況，漢人為了免去妻子不貞或嫌棄丈夫的問題，以及安定社會的倫理秩序，漢人的男人們製作了一件沉重的枷鎖套在女人的身上，那就是三從四德。一旦這個觀念深植在婦女體內，愛情便不重要了。因為不管丈夫是好是壞，做妻子的都得去適應他、尊敬他。雖然這個道德制度對女人來說，也許有些不公平，不過，對您目前的處境或許有些幫助。」

「你認為我應該利用這個男人至上的觀念強迫她接受我？」

「真不愧是我的老爺，一點就通。三從四德的內容完全壓抑了女人自私的慾望，一切皆以大體為前提。說實在的，漢人這些孝道、三從四德的想法，在在都是強調人一生應該有的修為，這種精神上苦行僧式的自我磨練方法，還有憚和靈魂的深奧與神祕，都令我感到寒顫的敬畏。我不得不佩服這個民族的韌性，也許他們的個頭是小了點，但是精神方面的內涵與力量，的確是不容忽視的。」

法奧農和勞吉沒想到一向目中無人、不易服輸的阿古對漢人有如此崇高的評價，他獨特的見解也感染了另外兩人的心情。很難得的，一向嬉笑怒罵、豪放不羈的浪子之間，居然也會有肅穆的時候。

阿古是最先恢復正常的。他察覺到週遭瀰漫異常詭異的氣氛，先大咬一口雞肉，再用平常玩世不恭的口吻說：「哇！這些小矮人真了不起，想不到雞肉也可以煮得這麼好吃。咦？你們兩個怎麼都不吃？」說完還故意誇張的打個令旁人反胃的飽嗝。

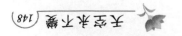

第八章

陳明輝幾代聚富，優渥的環境養成他傲慢無知、浪費無度、予取予求的性格。自從荷蘭人進駐臺員以後，幾次生意上的失利，讓他的家道有如江河日下，急遽衰敗。再加上朝思慕想的女人投入仇人的懷裡，層層仇恨相疊，造成他的思想偏差。不務正業的結果，整日只會籌劃復仇大計。他探查到唐妹經常回娘家，便計劃在路上攔截她。前幾次他都畏於阿古的威風，不敢冒然行動，後來發現少了阿古，天真的以為機會來了。他準備好麻繩和刀械，唆使一名家丁一起行動，兩人賊頭賊腦的緊跟在唐妹身後，卻忽略了螳螂捕蟬，黃雀在後。

這天，唐妹一如往常回家探視母親，歸程上她和素芬邊散步邊聊著母親在春玉嬸的照顧陪伴下，氣色漸漸好起來了，也較以往健談些。兩人愉快的談笑著，完全沒有注意到身後不尋常的動靜。

法奧農派遣的兩名護衛，本來是遠落在唐妹她們的後面，但是一看到陳明輝鬼祟的動作和他們手上的物品，馬上起疑的快速上前盤問。陳明輝心一慌，以為事跡敗露，自己心虛的先動起手來抵抗。雙方人馬立刻陷在語言不通的混戰中，結果荷蘭護衛誤殺了陳家僕人，陳明輝也負傷逃走了。

唐妹在前方有聽到打架聲，猜想應是地痞流氓在鬧事。兩個女人膽子小不敢多管閒事，加緊腳步的小跑回家。

法奧農接到屬下據實的報告後，馬上指示勞吉向荷蘭駐臺太守備案，其餘的不許聲張。因為他認為陳明輝大概沒有能耐再興風作浪，他不希望唐妹知道了這事而造成心裡不安。

現在法奧農知道唐妹不是因為討厭他，才表現得這麼冷淡，而是自小受到道德教育壓抑的結果。他決定要開導唐妹學會享受真正的自由，首先他開誠佈公的對唐妹說他可以包容她隨意的使性子，希望她不要將情緒藏在心裡，發發脾氣可以健康長壽。

唐妹當然無法認同這種驚世駭俗的論調。「這怎麼行？如果每個人都將脾氣發作出來，豈不是要天下大亂？」

「不，我的意思是妳跟我在一起，可以不用那麼嚴肅。我不喜歡妳把話都放在心裡的樣子，那種感覺好冷漠，好像這世間很無趣，天下沒有值得妳關心的事物。讓人覺得妳像是個假人，而且是泥土做的，很容易破掉的那一種。」

唐妹認為他的說法很奇怪，並不太明瞭其中的含意。「那麼，老爺希望我怎麼做呢？」

法奧農執起唐妹的手，既要抓住她的注意力，也想給她真誠的保證。「我知道讓妳沒名沒份的跟著我，實在有辱妳的名節。但是我跟那個姓陳的壞人不一樣，我不會隨便的欺負妳，然後就一去不回頭。妳對我非常重要，我希望妳能陪我一輩子，我是說……我愛妳。不僅如此，我希望妳也能愛我。」

唐妹在綠眼的專注逼視之下，久久才吐出一句法奧農意料中的答案。

「愛？嗯……，老爺，我不懂你說的是什麼。」

「我要妳是自願跟著我的，不是因為我救了妳娘一命；不是因為妳怕我或者是為了過好日子。天上有時會飛來奇怪的雲，如果有一天我突然變窮了，妳會願意陪著我一起做乞丐。不是禮教逼妳，是妳自己完全的心甘情願，妳懂嗎？我要妳把我放在心頭上一輩子不忘，我要妳只對我一個人有那樣的感情，妳願意嗎？」

一輩子不忘……一輩子不忘……。

浮在唐妹腦海裡的不是什麼浪漫纏綿的念頭，而是兒時記憶中，母親思念父親的悲傷；那種願意犧牲一切的絕望；那些令人聞之鼻酸的暗夜低泣。她不知道自己哭了，只是用力的甩開法奧農的手。

「不，不要，我不要那樣，我不要有那種感覺。」

法奧農沒想到她會有這麼激動的反應，一時自己也心慌意亂了。

「怎麼了？為什麼？」

「老爺，我不怕為奴，可是有些痛苦、悲傷的折磨，會讓人生不如死。我們不是拜堂夫妻，有一天你會回到你自己的家鄉，到時候剩下我一個人，我不知道該怎麼辦。我不要每天痛苦的想你。」

法奧農立刻緊抱她。「不會，我絕不會離開妳。我走遍天下才找到妳，我絕對不准有任何事情把我們分開。」

法奧農霸道的呢喃聽在唐妹的心裡受用極了，她枕著法奧農強壯的心跳，漸漸的平靜下來。

※ ※ ※

法奧農終於明白自己才是唐妹憂傷的罪魁禍首，他更加溫柔的對待唐妹。他往外跑的時間減少了，膩在唐妹的身邊成了他生活中最大的樂趣。他常常出其不意的說些甜言蜜語或故意做些親暱的小動作，即使只是目光隨著唐妹走動游移，也能令他感到無限的滿足。

他現在每天最期待的時光，是晚上唐妹依偎在他的懷裡，聽他說著一個又一個的神話故事或旅遊見聞，每每說到艱深處他無法解釋清楚時，就自己亂編一通，總把唐妹逗得樂不可支。

淑敏也發覺唐妹不但越來越活潑，氣質也增添了些嬌媚，實在讓人無法不感受到她所散發的光芒。

有一回，唐妹坐在窗邊說要揀菜，過了好半天，只是將手中那片菜葉反覆無神的翻看。當她遙望遠方時不知覺的拿著葉片輕輕摩擦自己的臉頰，臉上洋溢著令人羨慕的幸福光采。等她陶醉夠了，才滿意的嘆口氣，細心的將菜葉平鋪在盆底。

唐妹的舉動令淑敏、春玉和素芬看得目瞪口呆，不敢出聲打擾她。

過了一會，素芬才壓低嗓子說：「老夫人，我跟妳們說，有一次我經過夫人的房間，不小心的聽見夫人跟老爺說，她很想捏捏老爺的大鼻子。結果老爺說，我整個人都是妳的，妳愛捏哪裡就捏哪裡。」

淑敏笑罵素芬：「妳這個小妮子，知道得一清二楚，還說是不小心聽到的。」

三人的吱吱笑聲終於驚醒了唐妹的美夢，她害羞的拿起整盆菜躲到房裡好半天才出來。淑敏見到女兒這般幸福，高興之餘還不忘感謝神明庇蔭，自己辛苦了一生，終於讓女兒得到福報。

法奧農和唐妹沉浸在愛的小世界裡，完全忘了陳明輝的存在。陳明輝自從死裡逃生以後，害怕法奧農的追捕，一直躲藏在外不敢回家。他雖然不敢像以前那樣作威作福，暗地裡還是不死心的要報仇。他四處造謠，數說唐妹很早以前便想嫁入陳家當少奶奶，被他拒絕了以後，心生怨恨的不知用了什麼手段結交紅毛大人，再利用蠻人的勢力處處打壓陳家，現在又無故的殺死一個僕人。陳明輝的話或許沒人相信，但是死了一個男僕卻是事實。雖說下人命賤，總也是一條生靈。這件事在平日忍氣吞聲、埋頭苦幹的漢人圈裡，引起一陣很大但無人敢抗議的漣漪。大夥兒雖然不清楚事情的來龍去脈，卻認定事端是由唐妹引起的，種下了日後一場悲劇的因果。

阿材有聽到一些風聲，但是因為他和唐妹連著一點關係，人家告訴他的只是一些毛皮而已，至於事情的嚴重性他完全被矇在鼓裡。不過，他還是有感覺到人們說話的神情不大對，他心裡不放心，撥空走一趟鄉下看看女人家們。

淑敏見到阿材，很高興的招呼。「你怎麼那麼久沒來？來，正好一起吃飯。」

「好、好。」阿材也不客氣的落座，他打量這群女人神情愉悅，舉止沒有異常，心裡才踏實了。「最近工作比較多，多虧林先生幫我介紹。其實他人不錯，以前是我們誤會他了。咦？這是什麼菜？」

唐妹看阿材指的是荷蘭豆。「這是洋老爺他們引進來種的。還有，」唐妹挾一塊雞肉給阿材。「你吃吃看，他們說這菜叫九層塔，和雞肉一起炒著吃，味道不錯。」

「嗯，好、好。」阿材連吃了好幾口，難得和她們同桌吃飯，他感覺自己好像突然有個溫暖的大家庭。

等阿材添了第二碗飯，淑敏才說：「唐妹常常來，所以我和春玉很久沒出門了，不知道外面現在怎麼樣了？」

阿材突然食慾全失，搖搖頭的放下筷子，同桌的女人也莫名其妙的跟著停箸。

「現在是外族做王，日子當然比較苦些。紅毛夷規定，凡是七歲以上的人都要繳人頭稅，這七歲大的孩子能做多少事？紅毛夷來了以後是開墾很多土地，但是幾乎都拿來種甘庶，我知道他們不吃米，難道舔糖就會飽了嗎？以後我們漢人要吃什麼？這還不要緊，他們居然到唐山沿海附近以每人給十塊番錢為餌，騙了很多漢人移民到臺員來做苦工。」

四個女人都倒抽一口氣。淑敏語氣憐憫的說：「這些人也真糊塗，萬一被賣做奴隸呢？」

「唉，那有什麼辦法？朝廷不穩，做官的都要爭權，打來打去苦的還不是老百姓？人要亂，老天爺看了也會心寒。聽說這幾年閩南的旱災不輕呢，日子過不下去，當然願意為十個番圓冒險了。」

淑敏和唐妹很有默契的互看一眼，心想閩南鬧旱災，李家是大戶應該撐得過去吧。

阿材沒有察覺到淑敏母女倆面有異色，繼續往下說：「有一件事情很奇怪，到現在都還沒有紅毛夷向我要稅，妳們也沒有吧？我想大概是因為唐妹的關係，他們才沒有來為難。唉，為了保住我們幾個老的而犧牲唐妹，我總是於心不忍。」

唐妹趕緊否認。「阿材叔，你這麼說會對不住洋老爺，他待我很好的。」

「是嗎？是這樣就好。來、來，吃飯。」

眾人又開始吃飯，唐妹挾起一小塊魚肉卻吃不下去。她想現在一定有很多人在餓肚子吧？而她沒有付出卻有一桌好菜，她無能無德豈能這般享受。不行，她要想個辦法幫幫大家。

當天晚上，唐妹在房裡焦躁不安的來回踱步，不曉得法奧農聽了她的要求會不會生氣？甚至嫌她干涉太多而拋棄她？但是明知道有人在受苦，她無法佯裝無知的苟且偷安。

法奧農走進房裡，唐妹看到他卻又踟躕不前，不知道要怎麼措詞才不會惹惱他。

法奧農知道唐妹的個性穩定，今晚這樣毛躁一定是有什麼事。他最近發現對一向習慣謙卑的漢人而言，待她客氣只會使她無所適從，不如讓她接受強迫性的服從。

「唐妹，過來。」把她鎖在懷裡後，法奧農故意用傲慢的口氣說：「把妳心裡所想的事情統統告訴我，妳要怎麼說都可以，就是不許瞞我。」

既然如此，唐妹也省了費心想些好話。「我想知道為什麼連小孩子都要納稅？」

唉，這個問題好難。法奧農終於瞭解，他天真的想為唐妹構築一個與世隔絕的天堂，是不可能的。「我喜歡妳的頭髮，又黑又密——。」

唐妹想也沒想，直接抓起他撫摸自己頭髮的手，在他的手背上咬了一下後又丟還給他。「我不要聽這個，我要你把你心裡所想、所知道的事統統告訴我，不許瞞我。」

法奧農笑得很服氣。「學得好，妳果然夠伶俐。怎麼辦？我越來越愛妳了。」

「老爺，你正經嘛。」

「唐妹，我知道妳在盤算什麼，但是這件事我沒有辦法給妳滿意的答覆。臺員是屬於我的國王在海外的領土，而海立佛里・仙威篤是我的國王欽命的臺員太守，所以我無權干涉他。即使他的作法不近人情，我相信我的國王也不會反對。而且我和他並沒有交情，如果我干預他的工作，惹他不高興，萬一有什麼事，我可能連妳都保護不了，只怕事情沒有好轉，反而越來越複雜，妳懂嗎？」

雖然唐妹早就有被法奧農拒絕的心理準備，但她還是不情願的說：「老爺，你的河洛話越說越順口了。」

法奧農輕咬一下她的耳朵。「我不要聽這個。跟我說，妳不會心軟的做傻事。」

唐妹不露痕跡輕輕的撥開他的頭。「老爺，我還沒有能力做傻事呢。」說完，她逕自上床休息，心裡有些氣他根本沒有試著努力看看。不過，反正她還有一個補救計劃。

翌日早上，唐妹向法奧農報告想到觀音寺上香。

法奧農完全不知道她心藏計謀。「上香？就是點那種會令人鼻子發癢的小樹枝？」

唐妹知道他又要故意搗蛋。「香的味道應該會令人心平氣和才對，怎麼會鼻子發癢？」

「對我來說，只要能抱著妳，什麼火氣都消了。」

唐妹又羞又惱的睨他。「討厭啦，一大早就說這些沒正經的。」

「哈！我不正經？你們漢人才是最不正經的。」

「你胡說，又要唬我。」

「我才沒有呢。阿金說你們漢人喜歡多子多孫，如果太正經，哪來的多子多孫？他還說，以前有個大臣喜歡替他的夫人畫眉，改天——。」

唐妹急著打斷他。「林先生真是的，淨教你這些不正經的。我要走了。」

唐妹半生氣半害羞的跺腳離開，法奧農又邪氣的發現一項新樂趣。當唐妹生氣跺腳時，體態顯得特別婀娜多姿呢。

※ ※ ※

唐妹和素芬分別提著一個沉甸甸的籐籃走向觀音寺。

素芬好奇的問：「夫人，今天是什麼日子嗎？」

「今天？沒有吧。」

「那為什麼要準備這麼多的牲禮？」

「待會兒妳就知道了。」

進到寺裡，唐妹看桌上稀少且過時的供品，便知村人的生活一定很拮据，才會如此冷落平日虔誠供奉的神明。

唐妹在點香時，住持師太從後院走進來。她照常先彎腰打揖才看清來人，她看過唐妹的裝扮才開口：「阿彌陀佛。施主，好久不見了。恭喜妳出閣了。」

唐妹回了禮、敬完香後，恭敬的向師太請安。「師太，我有些疑難想請師太開示。」

唐妹吩咐素芬幫忙打掃大殿，隨著師太走到後院菜園裡，老實的說：「師太，我很慚愧，其實我現在是沒名沒份的跟著一個洋大人過日子。因為他待人很寬厚，所以我以為其他的洋人也一樣，一直到昨天我才知道鄉親們的生活都很糟。我曾聽一位林先生說過，洋人認為我們漢人很神祕，對很多不瞭解的事情都會敬而遠之，比如像是宗教。這樣對我們反而很方便。我大膽的想請師太幫一個忙。我這裡有一袋番圓，另外那些供品也留下，交給師太看著辦。請師太不要嫌這錢髒，如果鄉親有困難，請師太不要吝惜。以後若有能力，我還請師太多多費心，這樣子多少也可以幫大家一點忙。」

「施主宅心仁厚，貧尼一定會把施主的好意轉達給大家知道。」

「不，這是師太和我之間的祕密，千萬不能傳揚出去。因為這錢是洋大人給我私用的，我是背著他拿出來請師太幫忙的。洋大人雖然不過問這錢的用處，可是如果被其他的洋人知道了，恐怕會對洋大人不太好，這樣一來，我就會辜負了他的好意。」

「貧尼明白了，那麼就說這錢是信徒添的香油錢吧。」

「本來就是。其實這錢既已送出，我是無權再干涉的，師太慈悲才能造福眾生。想到鄉親在受苦，我無德卻在獨自享受，所以我今天也是來懺悔的。」

「為什麼？」

「當初我跟著洋大人雖然有些不得已，可是這些日子相處以來，我第一次發現過日子也可以很輕鬆有趣，即使壞了名節也不在乎。我沒想到我竟然會心甘情願、不顧廉恥的跟著他。師太，我是不是已經變成罪大惡極的人了？」

住持師太的年紀和淑敏相當，自小即在寺裡成長，她單純的一生實在沒有什麼經驗可以勸解唐妹。她思索著讀過的經書，隔了一會才肯定的說：「施主，貧尼是出家人，不懂得兒女情事，無能判斷好壞。不過，施主今日有機會可以享受榮華富貴，卻還不忘救濟窮人，足可以證明施主還良性未泯。單憑這一點，貧尼認為佛祖也不忍太過苛責。」

「有時候，我很害怕，怕自己如此寡廉鮮恥會招來報應。我很怕突然有一天被迫和他分離，永不再見。」說出心底的話後，唐妹才覺悟自己已經深深的愛著法奧農。

「施主切莫胡思亂想。只要施主守著從一而終的原則，貧尼認為是不會離婦道太遠的。」

「真的？師太真的這麼認為？」

「嗯。婦人家最忌諱的是朝三暮四、賣弄風情、挑撥離間，施主雖然沒有妻妾的身份，只要能守著三從四德，就不失為一個好女人。」

「聽師太這麼說，我真的安心不少。這陣子，我一直自認有違我娘的教訓，愧為人子。」

「施主實在是過於自責。也許施主目前的處境不是令堂所期許的，不過施主還有這麼重的羞恥心，可見施主並沒有壞到哪裡去。但是，千萬要記住。不要因為已經失禮了，就毫無顧忌的連節義都放棄了。」

「是，我會謹記師太的教訓。嗯……。」

「施主請直說無妨。」

「我有個無理的請求，希望師太誦經時能為我娘祈福，還有……那個洋大人。請師太成全。」

唐妹自知這要求有些過份，心裡準備接受師太的訓斥，沒想到師太反而露出慈祥的笑容。

「貧尼記得施主年幼時，每回令堂上香拜佛，求的是希望施主能平安成人，從不問己身。如今施主不忘反哺大恩，心裡惦記的只有家人，婦人家這種顧念親人、願意犧牲自我的精神，就是母性的偉大。貧尼相信，即使施主現在的地位難堪，施主有這份心意，令堂一定會深感欣慰，以施主為榮。」

「多謝師太勸慰。」聽了師太一席話，唐妹的心裡不但少了很多罪惡感，還多了一份驕傲。

師太送唐妹至寺前，短短的路程還不忘口授一些簡單的佛理。

唐妹回到家感覺很疲倦，想上床歇會兒，便交代素芬等她醒來再準備午飯。結果她一直昏睡到近黃昏，法奧農回來了才把她搖醒。

「妳怎麼了？要不要緊？ㄚ頭很擔心妳又不敢吵妳。是不是哪裡不舒服？」

唐妹睡得昏昏沉沉的，口齒不清的說：「我沒事，我還要睡。」

法奧農心疼的說：「既然這麼累，那以後就不要去了。」

唐妹聽了這不敬的話，比較清醒的搖搖頭。「這怎麼行？俗話說，有拜有保佑。當然要多拜拜才好啊。」

法奧農想著唐妹的話，露出一個很奇怪的表情。「嗯，我不喜歡你們的神明。」

唐妹被他的話嚇得完全清醒了。「老爺，不要亂說話，會招來報應的。」

「那我更不喜歡了。妳想想看，神應該是大慈大悲，對人都一律公平才對啊，怎麼可以只保佑有拜拜的人？這樣不就成了買賣做生意？而且，你們拜拜還要準備金紙和很多供品，那窮人家連吃飯錢都沒有了，怎麼拜拜？」

唐妹從沒懷疑過神明的權威性，她只知道拜拜是一代傳一代，已成了人生的課題之一。她聽說勞吉每次吃飯前都會先禱告謝神一番，但她不曾看過法奧農有過任何敬神的舉動。她有些好奇、疑惑的問：「老爺，你不相信世上有神嗎？」

「不，我相信神的存在。但是我只把神當老師，我相信聖經裡教人的道理都是正確的。」

「你不相信拜神可以得到保佑？」

法奧農有些吊兒郎當的說：「相信我，如果妳常在海上航行就會知道，有事發生的時候求神太慢了，還不如聽聽老水手的意見比較有用。」

唐妹微皺眉頭。「老爺，你總是喜歡唬弄我。」

看見心愛的人不悅，法奧農趕緊裝得正經點。「我相信神創造這個世界、立下做人的規矩，至於其他的，我認為祂是旁觀者。祂對人就好像……。嗯，如果妳遇到一個壞人，妳可以跟他講道理，要不要聽在於他，如果他聽進去了，變成好人，妳認為他有沒有得到保佑？難道一定要大富大貴，才算得上是得到神的眷顧？」

唐妹思索他的話，雖然與眾不同，卻好像有幾分道理。法奧農看她在與傳統的思想掙扎，又搧了一點火。

「妳覺得我很奇怪是嗎？我以前在爪哇認識一個老人更奇怪。他說他把神明當對手，老天爺越是要折磨他、打倒他，他就越要堅強的活下去，讓老天爺瞧瞧他的厲害。」

唐妹驚訝的表情一定很誇張，否則法奧農不會仰天大笑。

「好了，不說了，看妳嚇的。素芬說妳沒有吃午飯，趕快起來吃一些吧，我可不許妳把自己餓壞了。」

法奧農體貼的幫唐妹更衣。想想他又為唐妹破了一個例，以往他都是替女人脫衣，這可是他頭一遭為女人穿衣。

第九章

其實唐妹目前的生活並不算圓滿，撇開無法每天服侍母親不說，大宅裡的僕人並非每個對她都很服氣，尤其是廚娘阿鳳。

阿鳳年輕時隨丈夫從唐山過海到臺員奮鬥，辛苦了二十幾年以為後半生可以依靠兒子，沒想到突然來了一大群紅毛夷，逼得她不得不為僕來幫忙維持家計。她雖然每個月領有工資，但除了她本身以外，她的丈夫、兒子們每天必須要辛苦的工作，再加上她的薪資才能換得基本的溫飽。這一路苦來，心胸實在無法開闊，尤其眼見唐妹由與自己平等的百姓身份晉升為夫人，被人捧在手心裡疼愛，更是忿恨難平。剛開始，她害怕唐妹會恃寵而驕的作威作福，也如同其他的僕人一般恭敬。一段時間後，她發現唐妹根本不管事，僕人有了什麼差錯，唐妹也只是淡淡的一笑置之，一句責備的話都沒有。起先大夥兒還擔心唐妹是笑裡藏刀，會暗地裡加油添醋的向洋老爺告狀，可是日子過去也不見有人被處罰。這樣一來，就把阿鳳的膽子養大了。她開始在背後搞鬼。由於法奧農白天常常不在家，中午只需侍候唐妹一人，她便故意煮些平生的肉及過鹹的菜，並事先想好是疏忽不小心的藉口，結果唐妹只吃了一、兩口也沒有吭聲。從此以後，只要法奧農中午不在家，阿鳳都竭盡所能的破壞菜餚，來滿足自己見不得別人過好日子的邪惡快感。

這一天早上，法奧農照常外出，唐妹想先蒸些糕點好方便隔日帶回家孝敬母親。她難得的走近廚房，遠遠的就聽到阿鳳的大嗓門。

「所以啊，講來講去，如果我們女人家不懂得討好男人，就得安份的吃苦耐勞，誰叫我們不會搔首弄姿的討人歡心，只知道憨憨傻傻的做到累死都沒有人會心疼。」

阿鳳看到唐妹僅是不屑的撇撇嘴，既沒有收斂態度也沒有謙恭的請安。因為還有別的小丫頭在場，所以素芬輕碰一下唐妹，要她發發主子的威風。但是唐妹提醒自己凡事要以和為貴，跟母親和阿材叔比起來，這點侮辱不算什麼，往後的日子還很長呢。所以她僅是輕聲交代素芬要小心火候，自己先回房裡休息，等用午餐再叫她。

素芬見唐妹被下人譏笑也不在意，心裡又是心疼主子又是氣恨阿鳳的囂張。她早就聽說阿鳳常常偷菜回家吃，自己的行為像個偷油鼠，還有什麼資格批評別人。她不止一次向唐妹報告阿鳳的不軌，可是唐妹總是勸她別鑽牛角尖，大家的日子都不好過，能忍過就算了。可憐的唐妹空有一副好心腸卻沒人瞭解，素芬真為主子抱不平。

話說回來，唐妹最近怎麼老是精神不濟呢？素芬一邊擔心主子的健康一邊順便的想到一個主意，可以整整阿鳳的威風。她告訴一個男僕說夫人的身體不適，要他趕快找老爺回來。法奧農接到不清不楚的口信，立刻快馬加鞭的從墾地趕回府。他回到家時正好唐妹在吃午飯，她對著一桌無法下嚥的飯菜在發愁，心裡說不上是氣憤或無奈。她現在雖然不用做事，但並沒有自認高人一等，對於阿鳳，她也是抱著敬老尊賢的態度不予計較。但是現在多數的人食不足飽，阿鳳任意拿食物出氣的行為豈非罪過？

唐妹正在思量或許可以將過鹹的青菜煮成鹹稀飯，法奧農已經跨大步的進房來了。

「妳是怎麼了？要不要緊？」

相對法奧農心慌意亂的憂愁，唐妹反倒是莫名其妙的鎮靜。「老爺，發生什麼事了？」

「妳……妳沒事吧？」

「我？我很好啊。」

「那……，算了，沒事就好。」法奧農放心的舒口氣。「咦，妳在吃飯？太好了，我也還沒吃呢。」

素芬看法奧農如她所計劃的在時間之內趕回來，殷勤的說：「老爺，我去拿碗筷。」

「等一下！」

唐妹的尖叫聲喚住了已奔至房門口的素芬，也引起法奧農的側目。他不曾聽過唐妹如此高分貝的說話，直覺的認為有事要發生。

「有什麼不對嗎？」

「不，是……是冷飯冷菜吃了會傷胃。素芬，妳去跟廚娘說老爺回來了，要她煮些新菜拿過來。」

素芬不應聲，只是一逕的瞅著法奧農，像個有滿腹委屈無處申訴的小媳婦。唐妹乾脆直接走過去推她。

「快去啊，發什麼愣？不聽我的話啦？」

法奧農畢竟是聰明人，看此情形心中有了譜。趁著兩個女人在他背後拉拉扯扯的，他就著唐妹的筷子夾起一塊雞肉咀嚼。唐妹要阻止已經來不及了，只好默默的等待他發脾氣了。

法奧農每樣菜都各試一小口，心中明白了以後，表面上仍然平靜的對素芬說：「菜冷了的確不好吃。都端下去，妳也去休息吧。」

等素芬收拾好了告退以後，法奧農才走過去抱著唐妹。「妳為什麼不跟我說？」

「老爺，這沒什麼。」

「那妳為什麼要哭？」法奧農想起唐妹說過，真正的苦是思念、是受辱。「唐妹，是我太自私了，我只顧著自己能夠跟妳在一起的快樂，卻沒有考慮到妳的立場。妳為了成全我而犧牲自己，看妳受委屈，我比妳還難過。」

「老爺，我不哭了，你別處罰她。」

「我一定要懲罰她，我和妳的事她無權干涉和批評。再說，我沒有虐待她，既然她做不好這份工作，就不該拿這份錢。」

「可是她也沒有錯，人就是會害怕輿論才不敢做壞事。」

「重要的是她的方法做錯了，更重要的是妳後悔跟我了嗎？」

唐妹看著法奧農誠摯的眼神，不怕萬難、充滿自信的氣質，如此陽剛的男子漢，世間能有幾許？加上這些日子的甜蜜是世人少有的人生體驗，她還有什麼好後悔的？

唐妹大膽的在法奧農的懷裡磨蹭。「只要能跟你在一起，不管要受什麼苦，我都不後悔。」

※　※　※

法奧農與唐妹的感情俱增後，偶爾會帶著她，兩人單獨去遊山玩水。為免唐妹尷尬，法奧農都會刻意避開人群。唐妹在他的面前也越來越會撒嬌和頑皮。

一日傍晚在河邊，唐妹靠在法奧農的胸前，靜靜的遠眺天邊燦爛奪目的晚霞。為了怕嚇走這一片美景，唐妹抵著法奧農的脖子細聲問：「老爺似乎很喜歡看太陽下山的景色。」

法奧農也依樣畫葫蘆輕聲的說：「先親我一下再告訴妳。」

唐妹故意要讓他失算，主動給他一個令兩人都喘不過氣來的熱吻。

「我的小狐狸，這輩子我絕對無法離開妳。」法奧農經她一挑逗，忘了原先的話題，還是唐妹提醒他。「噢，我是希望自己能像太陽一樣。」

「怎麼說？」

「因為它能行遍天下，知道世上所有的奧秘。我希望自己的一生像彩霞一樣的豐富多變、壯觀絢爛，令人回味無窮。妳呢？」

「嗯……，我想，我會比較喜歡早晨吧。」

「要不要我先親妳一下，妳再告訴我？」

「我才不稀罕呢，你的吻已經多到不值錢了。」

「這麼無情，難怪阿金要說最毒婦人心。」

「那麼下次替我請教他，負心漢要怎麼解釋？」

「嗯……嗯……，嘿，妳知不知道有些母的動物懷孕以後會吃掉她的老公？」

唐妹咯咯笑，不忍看他發窘的模樣，又給他一個香吻。「其實我也不太會說，總覺得不管工作得多累，只要睡一覺休息過後，所有的疲勞都沒有了。所以每一天都是一個新的開始，精神最好的時候也是在早晨。有時候，我真希望煩惱也能像這樣，經過一個黑暗的晚上，突然太陽破曉而出，把所有的不愉快跟黑暗一掃而空，每天都可以忘了過去的煩惱而重新開始。」

法奧農不曾過問有關唐妹的出身背景，現在他不免好奇關於她的過去。「唐妹，妳以前有什麼不愉快嗎？」

「我？沒有。只是我娘為了扶養我而吃了很多苦，所以我希望能夠好好孝順她，讓她過些好日子。」

「我並不介意奉養她。」

「我知道老爺的好意，只是我娘她最看重骨氣，不想讓人說她貪享榮華富貴。」

「如果我是她的女婿，是不是情形又不一樣了？」

「應該吧。」

「妳跟我在一起，妳娘卻一點都不看重我，讓我自覺像是個強奪民女的土匪，這種感覺真令人不痛快。」

「老爺，我並不奢求你什麼。」

「我知道，只是——。」法奧農趕緊打住，在他與英瓏心的事情還未明朗前，最好不要輕易的給她承諾。「起風了，回家吧。這種涼涼的天氣最適合在棉被裡打滾了。」

這類輕薄話，唐妹雖然聽多了，還是忍不住會臉紅。不過，她聰明的知道，法奧農是故意要使她分心，不要去注意剛剛不小心提起的話題。他們之間有一個不曾明說的默契，就是不能提起法奧農的未婚妻。唐妹知道荷蘭是一夫一妻制，即使在中國也不見得每位正室夫人都能容忍夫婿娶小妾，單說皇宮深苑裡就不知有多少嬪妃宮女死於皇后善妒的毒手。所以老人家才說，被選入宮的女子最苦命，如果幸運的蒙皇上寵幸，就得小心翼翼的提防四周怨恨的眼光或陷害的手段。但大部份的是不曾晉見皇上，終其一生寂寞的守在冷宮，無人問津、不見天日。

※　※　※

淑敏的一句話，讓唐妹警覺到自己的身體已經改變了。她驚喜得按捺不住，一見到法奧農回來，立刻欲語還羞的告訴他自己有了。

法奧農根本聽不懂漢人的暗示，一頭霧水的問：「有什麼？」

唐妹有些洩氣，話若說得太明，不就沒了情趣？但碰上一個不同文化的人也沒有辦法。

「老爺，我懷孕了。」

「懷孕？」

法奧農一臉呆若木雞，不知是被突如其來的消息嚇傻了，還是根本沒有理解狀況。唐妹只好在自己的小腹前，用手劃出一個半圓弧。法奧農頓悟了，嘴巴卻像是離水的金魚般蠕動，久久吐不出話來，好像是有一大堆的句子爭先恐後的自己想要跑出來，他卻不知要先說哪一句才好。既然語言表達能力不好，他乾脆將唐妹整個人抱起不停的旋轉，直到唐妹興奮大叫受不了了，兩個人才倒在床上喘氣。法奧農實在不知道要說些什麼，便緊抱著唐妹仰天大笑。好一陣以後，才喘噓噓的說：「一個小孩，生命的奇蹟。唐妹，我好高興，妳呢？」

唐妹害羞的點點頭，很喜歡與他十指交握的感覺。而法奧農已經開始想像孩子的模樣了。

「嗯，我要一個女兒，然後我要把她寵壞，讓她傷透天下所有浪子的心。」

「真是胡說，我還沒有聽過這種謬論。」

「妳呢？妳希望是兒子或女兒？」

唐妹一面玩弄他的大姆指，一面羞答答的說：「我想要一個跟老爺一模一樣的兒子。」

「唔，有個頑皮搗蛋的小傢伙也不錯。唉，真希望妳是一頭母豬，這樣妳生一次，我們就有很多小寶寶可以玩了。」

唐妹的背立刻挺得筆直。「你罵我是豬？」

「不，我的意思是——。」

這一次唐妹不依了，她生氣的半推半搥的把法奧農推到房門外。

「唐妹，妳誤會了。開門哪——。」

「我不要聽，你走開，我再也不要看到你了。」

「不要這樣，妳聽我解釋嘛。」

唐妹不再回應他，趴伏在床上痛哭。被心愛的人罵是豬，簡直是奇恥大辱。

法奧農在門外聽到唐妹的哭聲，心想一時半刻的她大概沒法氣消，好好的靜下心來聽他解釋。他轉過身，既驚訝又羞怒的看到一大群僕人站在他的身後看好戲。眾人見他臉色不對勁才速做鳥獸散，剩下勞吉和阿古仍舊笑得震天價響。

法奧農沒好氣的開口：「笑什麼？發癲啊？」

勞吉抹抹眼角的淚水。「那麼您今晚有空囉？」

「什麼事？」

「今天早上郭成貴又送來一張請帖，陪客還有臺員太守。」

法奧農無心做大官，所以不喜歡應酬。「那位郭成貴怎麼三天兩頭的在宴客？」

「說穿了還不是官商勾結、各取所需。」

「怎麼說？」

「這事說來諷刺。以前國人視被派遣至異地為苦差事，不但人生地不熟，並且遠離親友故鄉，適應困難。薪俸微薄不說，連公造經費都很拮据，這種情形之下怎能養廉？所以枉法舞弊的事便層出不窮。有些商人為了取得賤社開發的權利，極盡賄賂巴結之能事。現在苦公差反而成了大肥缺，國內的人都利用各種關係想調到海外大發橫財。」

「我又不是太守，他不必巴結我，回掉他。」

「但是您的爵位比較高。漢人說，強龍不壓地頭蛇。大人，您還是委屈一下，會會這個臺員首富也好。」

阿古大無畏的加了一句。「反正您已經被趕出房門，現在也無事可做了。」

法奧農瞪向他的眼光，銳利得足足可以讓膽小的人嚇得失智。

※　※　※

到了晚餐時間，唐妹才知道法奧農外出赴宴了。她瞭解宴客不只是吃飯喝酒而已，還有成群美艷的姑娘隨侍在旁。一旦他領略了別的女人的風情之後，還會要她留在身邊嗎？尤其自己現在是個大肚婆，一定令有意尋歡的男人退避三舍。一想到法奧農正在對某個女人溫柔求愛，唐妹心痛得淚珠直落衣襟，晚飯也沒吃，早早上床休息。

事實上，法奧農的夜晚也不好過，他的心裡一直記掛著不知道唐妹的怒氣是否消了。眼前臺員太守借酒裝瘋的放浪形駭、身邊鶯鶯燕燕的吵嘈聲，更加惡化他的心情。唯一令他感興趣的是，主人並沒有如他所想的是個滿腦肥腸的暴發戶，反而有一雙漢人少有的銳利鷹眼，加上那氣定神閒的風度，更令人覺得此人行事深富心機，絕非尋常人物。法奧農不明白的是，憑他所展露的才氣，應該可以腳踏實地的闖出一番景氣，何需淪落到看人臉色呢？再者，他早就達到目的了，如此大費周章的迎合究竟是為了什麼？

法奧農一邊看著深陷溫柔鄉的太守，一邊輕輕推開投懷送抱的姑娘，順勢站起身準備告辭，身旁的女人嬌滴滴的膩著他。

「大人，時間還早，再多坐一會兒嘛。來，我敬你。」

女人的矯揉造作讓法奧農更加強烈的想念唐妹的純真，但他知道這可憐的女人也是奉主人之命行事，沒有必要對她疾聲厲色。

「改天再說吧，家裡有人在等我。」

女人放軟了身子往法奧農身上貼去，媚眼一拋以為可以盡獲天下魯男子。「那種沒名沒份的丫頭有什麼好掛心的，我難道會比她差嗎？」

「不是論好壞，她既然願意委屈跟著我，我自是不能表現得太寡情啊。」

女人還想再說，被主人斥喝一聲，只得乖乖的低頭告退。

「大人果然是有情有義的君子，難怪能得到唐妹姑娘這般好的美眷。她的母親對女兒的保護在地方上是出了名的，一般人單憑幾個臭錢是休想一親芳澤的，自然我這幾個缺乏教養的野丫頭是遠遠比不上的。」

「郭老爺客氣了，其餘未盡的，改日再敘吧。」

法奧農不想再囉嗦，乾脆的轉身走人。郭老爺識相的不再挽留，他從不怒而威的護衛身上可以感受到主子必定非凡，才能有此人才為他效忠。

法奧農回到家時，唐妹已經拴好房門就寢了。他以為唐妹還不肯原諒他，便不敢敲門吵醒她。他勉強的從窗戶鑽入，還是驚醒了唐妹。

「是誰？」

「別怕，是我。妳還在生我的氣啊？甚至不許我回家睡覺。」

「老爺，我怎麼敢？只是你晚上有應酬，我以為你今天不會回來了。」

法奧農聽得出唐妹話裡的哀怨，他舉起她的手放在自己的心口上。「我的神在這裡，祂隨時提醒我不可以辜負妳。而且我不是豬八戒，看到什麼女人都愛。我是那個……那個良禽擇木而棲，所以天底下只有妳才配得上我，知道嗎？」

法奧農這自誇誇人的比喻，逗得唐妹樂開懷，忘了先前的煩惱，心甘情願的深陷在他細心編織沾滿糖漿的情網裡。不怕外面的風雨，不在乎人們多事無情的評論，與他在一起的甜蜜，比外人給她的難堪多上數倍。外面動亂的世界瞬息生變，她無法干預與掌握，只有法奧農溫暖的擁抱才是真實的。

※ ※ ※

本來唐妹自慚罔顧道德，羞於見人，除了回家探望母親和上香之外，平常活動的範圍多在房裡及後花園，偶爾與法奧農出遊也選在人煙稀少的地方。現在她體會到法奧農的真心誠意，心情也由自卑轉為對上天的感恩，讓她有幸遇到懂得疼惜她的人。人生苦短，世事難料，唐妹要把握住所有歡樂時光。她開始大方的與法奧農出雙入對，她要讓周圍的人知道，她唐妹雖然不顧羞恥在先，但絕不是人盡可夫的女子。就像法奧農說的，良禽擇木而棲。她願意為唯一的愛人犧牲一切，直至浴火重生。

一天早上，法奧農興高采烈的牽著唐妹逛大街，因為昨天有幾艘遠航的商船進港，帶來許多地方的特產貨物。法奧農迫不及待的想讓唐妹開開眼界，唐妹面對各式各樣新奇的商品，像是個美夢成真的孩子。她臉上興奮雀躍的神采，讓法奧農覺得自己像個拯救民族的大英雄。

唐妹對歐洲的磁器、琥珀、生絲布帛比較感興趣，只要她忍不住伸手摸過的東西，法奧農都會向勞吉暗示，要他隨後買下。

正當唐妹目不轉睛的注視一對舞姿曼妙的發條機器人時，不遠處一陣騷動打斷了她的興致。法奧農立刻擋在她的身前，怕是有什麼暴動會傷到她。阿古憑著人高馬大，視野良好，很快的就瞭解整個狀況。

原來是有個老太婆帶著兩個年紀約六、七歲、營養不良的孫子，較大的孩子忍不住飢餓，一時衝動的扒竊荷蘭士兵的錢包，結果當場被逮個正著。更糟的是荷蘭太守就在附近，他一聽聞個大概，便二話不說的下令要處死小孩。現在做祖母的正在請求饒了這個無父無母、沒人教養的可憐孩子。

法奧農看大勢已定，拉著唐妹要往回走。所有的好心情都被破壞得消失殆盡，也沒有雅興再逛街了。唐妹雖然看不到人物，卻清楚的聽見老婆婆的哀求。她拉住法奧農，臉上憐憫的表情令他不禁要唉聲嘆氣。

他搖搖頭。「唐妹——。」

「老爺，求求你，我知道你能救他們。」

「我不能。太守有他的尊嚴和權力，我如果干預他的判決，就是不尊重他。讓他在大庭廣眾之下失了面子，以後他要如何管人管事呢？」

「可是，他只是個孩子，好可憐……。」

「是他有錯在先，不管是什麼人，做錯事就應該要接受處罰。如果妳只看他可憐就饒恕他，那麼王法便失去公效力，天下豈不大亂了？」

法奧農說得正氣凜然，正好刺中唐妹心中的一個痛處，她不安的低頭不再說話。

法奧農實在拿唐妹沒輒，為了不使她難過，他一次又一次的違反理性行事。因為唐妹還不甚明白世間的險惡，他狠不下心來向她說明，盲目心軟的個性會很容易讓自己陷入險境。

法奧農向勞吉交代幾句話，要他輕聲的轉告太守，就先帶著唐妹回府。

荷蘭太守一見勞吉走攏過來便停止咆哮，四周也跟著靜默下來。隨著太守臉色不悅的變化，眾人皆屏息等待事情的轉變。

荷蘭太守是個很有權力慾與民族優越感的人，在他的觀念裡，權力是至高無上的，可以戰勝一切真理。被統治者就是未開化的野蠻人，才會無條件的任人予取予求。他認為若要管理這一大群次等人，必須要建立絕對的威信才能震服他們。現在法奧農卻要他改用溫和的方式以贏得他們的感激，用這種娘娘腔又慢吞吞的手法，要磨到何時才能收到成效？更可惡的是，竟然派人當眾糾止他，擺明的在質疑他的權力地位，以後他還憑什麼發號施令？偏偏為了以後的仕途著想，他不能得罪法奧農，只好忍氣接受他「睿智」的建議。

荷蘭太守越想越憤懣，一個泱泱大國的候爵竟被一個小女人玩弄於手掌之間，簡直是喪權辱國，埋沒男人主宰一切的尊嚴。說得倒好聽，什麼以德服人，難道候爵不懂得姑息敵人就是殘害自己嗎？他開始在心裡詛咒，希望法奧農嚐點苦頭，這樣才能證明他的遠見。

唐妹在回府的一路上都是神色怪異的沉默著，即使法奧農向她保證那祖孫三人不會有事，仍然無法緩和她臉上的陰鬱。一直到兩人回房獨處，他顧慮唐妹有孕在身，情緒容易激動，更加溫柔小心的對待她，只是他的柔情蜜意讓唐妹更難過。

「老爺，你說不管是什麼人，只要做錯事就該接受處罰，對不對？」

「那當然。如果私心太重，就無法維持公平正義。怎麼啦？妳想到什麼？」

「老爺，難道你都沒有發覺嗎？這些日子以來，因為你疼我，漸漸的把我的個性寵壞了，我擔心如果有一天我越來越壞，你還會愛我嗎？」

法奧農壓根兒沒想過這個問題，他認為唐妹這種不必要的憂慮是過份謙虛造成的自卑。他願意不厭其煩的給她保證，換取她的心安。

法奧農先讓唐妹舒服的偎在自己的懷裡，才佯裝生氣的說：「妳是故意要氣死我嗎？難道妳還不相信我是真心愛妳的嗎？」

「不是這樣，我是怕自己不好會惹老爺嫌棄。」

「妳喲，有時候真是個笨女人。我不是說過了嗎？我們要一起過這一輩子。我會看著妳，如果妳學到某些壞習慣，我一定會打妳的小屁股糾正妳。如果是我變壞了，妳也要告訴我，免得我死了以後下地獄，知道嗎？」

唐妹趕緊以吻封住法奧農的嘴，不許他胡亂說話。現在是她有生以來最幸福的時刻，她可不想招惹惡鬼的注意。

第十章

法奧農聽完爪哇信差帶來的消息以後，一直焦躁不安的在書房裡來回踱步。他召來勞吉和阿古，告訴他們爪哇的農場發生工人大暴動，總管身受重傷，現在正臥病在床，無法管理一切，希望他能趕過去處理善後。

法奧農直覺此事有些蹊蹺，因為爪哇是在荷蘭的統治之下，照理說若沒有經過謹慎細密的統籌及十成的把握，工人怎麼會如此輕率的作亂？難道他們不怕當局嚴厲的報復嗎？此時勞吉又重提他們在婆羅州打獵，被背後放暗箭的事。他總認為那一次並不是意外，再加上此次工人不明動機的暴動，也許爪哇那邊正設好一個陷阱，等著法奧農去自投羅網。為了法奧農的安全，他自願前往擔當協調的任務。

但是法奧農也開始擔心內情不單純，怕勞吉這一去會險象環生。

阿古也附議勞吉的想法。如果真有什麼針對法奧農的陰謀，在還沒有見到他之前，對方也不敢輕舉妄動，以免打草驚蛇。所以勞吉前去探路，生命應該沒有危險。

法奧農當然明白他們不顧己身的忠誠，更因為他深知這種性格難得可貴，也與他們培養出兄弟之情，所以他不想冒著失去他們的風險。但是眼前的情況未明，小心謹慎的有所保留，或許能使事情單純化，於是當下三人決議，先由勞吉前往探探虛實。

※ ※ ※

自從唐妹懷孕以後，法奧農堅持要她坐轎才能回家，有時她害喜得較嚴重就由素芬代她跑腿。她回家的次數少了，多的時間都花在園藝上。

一天下午，唐妹正在整理花園裡的枯枝，法奧農又輕手輕腳的纏上來。

「我的小狐狸今天好嗎？」

唐妹嬌瞋的瞄他，嘟著嘴說：「老爺，你真是的。不是狐狸就是母豬，你一定要把人家叫得這麼怪裡怪氣的嗎？」

「那是因為妳對我來講很特別啊，在我的眼裡，其他的女人都是嘰嘰喳喳的老母雞。」法奧農嘴裡說，還不忘加上肢體語言說服她。唐妹被挑撥得滿心春意，但是顧慮大白天的又在室外，半推半就的說：「哎呀，不要這樣黏滴滴的。」

法奧農立刻冷靜了，並且不平的抗議。「妳還說我把妳講得很難聽，結果妳居然說我像鼻涕。」

唐妹蒙受莫名的冤枉，馬上反駁：「我才沒有說你像鼻涕。」

「黏滴滴的不是鼻涕嗎？」

「鼻涕是黏滴滴的沒錯，但是黏滴滴的不一定就是鼻涕啊。像麥芽糖、蜂蜜——。」

法奧農瞬間又笑開的纏著唐妹。「妳是說我像糖一樣的討人喜歡？」

這個孩子氣的男人哪，真是讓人又愛又氣的。「我才沒有這麼說，你快放手啦。」

「我才不要呢，除非妳親我一下。」

唐妹扭腰跺腳的。「搞什麼嘛，大白天丟人現眼的。」

「不管啦，親我一下嘛。」

法奧農模仿唐妹撒嬌的動作，用力的擺臀跺腳，還故意把嘴嘟著半天高。唐妹笑岔了氣，像個縱容孩子的母親，自然會滿足他所有無理的要求。

法奧農嚐到了甜頭，哪肯輕易的罷手。兩人正在渾然忘我之際，完全沒有注意到前院引起了一陣小騷動。

唐妹被法奧農緊擁在懷裡，嬌喘得星眸半閉。當她看到一個人影時，霎時大驚失色，瑟縮的躲到法奧農的身後。法奧農原以為只是一般的僕人，正準備要訓斥一頓，等看清來人後，不免也有些措手不及。同時面對兩個女人，他先想到的還是唐妹。他轉身安撫唐妹。

「不要怕，她是我的未婚妻。妳先回房，我待會再去找妳。」

唐妹的心僵住了。她幽怨的看了法奧農一眼，才順從的低頭離開。

唐妹的背影一轉過圍牆，英瓏心馬上先發制人的開口，語氣明顯的充滿指責與輕蔑。

「我沒想到您竟然忍心糟蹋一個小女孩。」

「她不是小孩子，我也從不強迫任何女人。」

法奧農的冷靜出乎英瓏心的意料，打散了她事先想好的說詞。她顯得有些慌亂，便先坐在一張石椅上好平心靜氣。

「對不起，大人，請恕我失言。我說的是氣話，我應該知道您不是這種人。」

法奧農有負她在先，自然無法責怪她。「是不是發生什麼事？妳父親怎能讓妳航行到這麼遠的地方來。」

英瓏心沒有立刻回答，經過了一番內心掙扎，她終於紅著眼說：「我以為我親自來可以挽回您的心，看來我是自欺欺人。大人，您無需自責，今天的局面是我自己活該。」

法奧農不明白她的意思，他在她的對面坐下，希望能夠解決問題，讓大家都好過日子。

「妳為什麼這麼說？有什麼事是我應該知道的嗎？」

英瓏心不哭了，臉上的表情是自艾自憐的苦笑。「從小到大，我沒有得不到的東西，除了您。自從我八歲時您教我騎馬，我就愛上您了。每個人都說我的脾氣壞，我的脾氣怎麼會好？我是一邊愛慕您一邊聽您的風流韻事長大。不過，我心裡一直很慶幸您不曾對任何女人用心，我也一直很有自信的認為，只要我夠成熟一定能使您愛上我。所以，當我的父親責問我為何一直拒絕男人的追求時，我把心底的話告訴他。他非常不高興，因為他認為您是個好男人，但不是個好丈夫。哈，您也瞭解我倔強的個性。父親他疼我，最後還是幫我想了法子。在老侯爵過世之前，是我父親去找他，跟他提議兩家結親的事，憑他們兩人的交情，老侯爵當然是樂觀其成。倒是您竟然會如此輕易的被說服，有些令我意外。我必須坦白說，當您向我求婚時，我真的好高興，一切如我所願，讓我有一種主宰天下的神氣，以為世上的一切都是在配合我。因此，我才會自信滿滿的答應您的要求。結果我父親知道了我們私下的協議時，比我還緊張，是他提醒了我，世界不是如我想像的狹小單純，到處都有出類拔萃的人隱埋在俗世人群裡，貴族只是一小撮自大無知的孔雀，披著華麗傲慢的外衣。真正天生傲骨的人是經過生活磨練而依然屹立不倒的，不是用金錢權力堆積起來，一旦權勢沒了，人也垮了。我一直在父親的呵護之下，以為有了一點權力就很了不起，可以隨心掌握一切命運。等到面對這個大千世界，才明白再大的權勢也無法操縱人的心。」她說到這停下來，身上高傲的氣質不見了，像是個迷途的小女孩。「真的嗎？這世界真的這麼難懂嗎？」

「不，對大多數的人；那些勤於工作的人來說，人生很簡單，努力生存下去並且做個好人。」

「她是嗎？」

「是的，她是。」

「工作？哼，我還不曾做過那些低賤的事呢。」

法奧農露出一個充滿包容性的笑容。「不是低等的人才需要工作，我也是最近才發覺工作是件很有吸引人的事情。妳必需貫注全部的精力，經過長時間細心的培養，努力耕耘的等待結果。就像含苞待放的花朵，一剎那的綻開，那種喜悅驚奇的心、美好的結果，會令妳久久感動，以自己為榮。」

「是嗎？我倒沒有想過要嘗試不同的生活。聽您這麼說，以往的我好像一片空白，突然之間，人生對我已毫無吸引力了。」

法奧農無意讓她承受雙重的打擊。「妳如此的悲觀，我會內疚是我的自私造成的。我還得謝謝妳成全我。」

「不，大人，我很抱歉不該設計您。解除婚約是為了我自己，我不是文靜的人，受不了死氣沉沉的婚姻。更重要的，我不願心愛的人輕視我、憎恨我一生。」

法奧農執起她的手背輕吻。「我很高興是向妳求婚。」

英瓏心終於有了一個輕鬆的笑臉。「是啊，關於這一點您真該慶幸。我的脾氣雖然暴躁，但絕不是無理取鬧。若換成米雅小姐，她可是會死纏著您一輩子呢。」

「米雅小姐？那個身材、臉蛋都像木板，從不屑男人的公爵千金？」

「嗯哼，那個假正經的老處女。聽說自從我們訂婚後，她每天都在詛咒我。」

「啊哈，如此說來，妳反而要感謝我助妳脫離險境囉。」

「大人，您老愛氣我，我的壞性子都是您常故意要惹我養成的。」

兩人之間又恢復以往輕鬆拌嘴的氣氛。

其實唐妹並沒有回房，而是躲在暗處看法奧農以什麼方式歡迎久別重逢的未婚妻。她聽不懂兩人之間的對話，不過看他們沒有做出親暱的動作，唐妹心中一股莫名的怨氣才平靜下來。

怨氣？原來人性是相通的。她不再覺得皇宮深苑的嬪妃是遙不可及的，甜蜜的愛情教她學會了自私，為了一己的獨佔慾，就如此輕易的侮辱法奧農的人格修養。這麼狹窄的心胸，她怎配擁有目前的幸福。難怪，老人家會說識大體的女人最難得。

※　※　※

英瓏心自認不是心胸寬大的女人，受不了心愛的人對他人呵護備至。她沒有多做停留，急急的想離開這個傷心地。在她返航行前，法奧農照例辦了一桌漢式酒席宴請她。

唐妹已經知道英瓏心願意解除婚約。雖然法奧農尚未向她提起兩人何時正式拜堂，但她對英瓏心仍然滿懷感激。席間，她一直謙卑的低著頭，以免旁人說她得意忘形。

英瓏心也趁機仔細打量唐妹的魅力何在。大概是男女有別吧，她認為唐妹除了像個瓷器娃娃又漂亮又安靜外，也沒有什麼別的特點。法奧農不忍傷害她自命不凡的貴族優越感，只是神祕的笑一笑，沒有多做解釋。這樣一來，生性高傲、樂觀的英瓏心便不再鬱悶不樂，她不再覺得自己不如唐妹，而把法奧農愛上別人歸究於愛情本來就是瘋狂、缺乏理智的行為。

英瓏心要離開臺員的那一天，法奧農親自送她到碼頭上船。法奧農不知道要說些什麼來配合離別的氣氛，他頑皮的用漢人的方式捉弄她。

「英瓏心，謝謝妳成全我。今生今世欠妳的情，我願用下輩子來補償妳。」

「您在說些什麼啊？」她對東方的思想完全不了解。

「漢人認為，每一個人死後又會投胎轉成小嬰兒出世，不斷的重複成長。相遇相識即是緣份，有緣的人便會生生世世交纏在一起，對於今生無法做到的事，他們喜歡用借支的方法，預約下輩子再償還。」

「嗯……，蠻有趣的想法。」英瓏心先是點點頭，然後眼睛一亮，露出得意的笑容。「如果真是這樣，那麼下輩子我要當回教酋長，而且我要您做我的後宮女奴。」

法奧農不以為意的開懷大笑。「好，如妳所願。」

英瓏心上船後，突然想起一件事又匆匆跑下來。

「騰克要我帶句話給您。」

「我的小弟？」

「是的。他說，請您趕快回國一趟。」

「他又惹麻煩了？」

「應該不是，我也不太清楚。他只說有些事情不太對勁。別苦著臉，捨不得離開那個小女人就帶著一起走啊。」

「我知道，可是也要等她生完孩子，體力恢復了以後才能起程。」

「哼，處處都替她設想好，您犯不著表現得如此濃情蜜意的讓我嫉妒吧。」

法奧農目送英瓏心生氣的背影，忽然很想有個如她這般性格的女兒，高傲、自信、慧黠、撒嬌的任性，最重要的是受了挫折仍然抬頭挺胸、趾高氣揚的。

※　※　※

爪哇再度傳來的壞消息，打斷了法奧農原本要和唐妹正式成親的計劃。勞吉身負重傷；農場工人的怒氣未平，為了挽救勞吉的生命以及釐清事情的真相，這次他一定得親自出面才行。只是他不放心唐妹，又得找個好藉口說服她安心的在臺員等他，還好他本來就計劃派人到印尼運些水牛過來。

「運牛？」

法奧農慶幸有件事可以掩飾真正的理由又不致於撒謊。「是啊，臺員可以開發的土地還很大，以現有的人力方式來說，速度太慢也太吃力了。所以我打算到爪哇載一些水牛過來。這樣子工人可以輕鬆些，做事也快多了。」

「老爺，你真好，設想得真週到。」這麼好的事情，唐妹當然是全力支持。

隔天法奧農主動要求和唐妹一起回家。她除了有些驚喜之外，並沒有多想。

淑敏近來身體不適，除了頭痛的舊疾，胃也疼得厲害，她卻一直強忍著不敢告訴春玉。唐妹見母親的臉色不好，以為她是不高興看到法奧農，所以也沒有多想。

法奧農先要旁人迴避，只留淑敏母女倆在大廳。他的眼光在母女兩人之間游移，雙手不停的摩擦大腿，過了好一會，才放低身段，鼓起勇氣開口。

「我有很重要的事情要處理，必須離開臺員一陣子。但是唐妹現在有孕在身，她又常常使性子讓我放心不下，希望妳能搬到大宅照顧她。拜託妳，那個……那個……娘。」

法奧農說完已滿頭大汗。淑敏張著嘴不知道要如何接話，就隨口說要到廚房看看茶水是否煮好了，便倉促的離開大廳，躲到房裡擦拭欣慰的淚水。唐妹則撲到愛人的身上哭得唏哩嘩啦的。

「唉，怎麼又哭了，看看妳這個樣子，我怎能放心的出去辦事呢？」

「人家是喜極而泣嘛。」唐妹不理會他，一定要哭到盡情才罷休。

淑敏隱約的感到自己來日不多，法奧農又真心誠意的為唐妹著想，她便請春玉陪同一起搬到大宅，為的是希望能在有生之年多看看唐妹。春玉也有感覺淑敏近來的身體似有異狀，精神差了些，食量也越來越少。不過淑敏沒有主動說，她只當是自己太過神經質了。

※　※　※

法奧農要出發到爪哇的前一晚，面色凝重的交給唐妹一條家傳的紅寶石十字架項鍊。

唐妹看著他異常莊重的為她戴上項鍊，舉止之間有些侷促不安，原以為他是缺乏向女人話別的經驗。後來又聽他喃喃不斷的說什麼：一定會回來接她；要她好好聽母親的話，不可耍性子鬧意氣；要耐性安心的等他回來；千萬不要懷疑他的真情……等等。唐妹這才明白他此行另有棘手的任務，才會有一反平常冷靜的表現。為了不讓他擔心，唐妹盡量堅強的面露微笑，提醒他海上風險大要事事小心。她還拿出一個別緻的香包袋，是春玉趕工繡出來的，裡面還有淑敏為他祈求的平安符。

「老爺，這是兩位老人家的心意，你隨時帶在身上，我知道有神明保佑你也比較安心。」

法奧農瞭解這個香包袋代表兩位老人家已經接受他當自家人，所以即使他不迷信，還是細心的收好。「我這一趟來回大概要花三個月的時間，到時妳也差不多要生了，我會盡量趕在孩子出世前回來。另外，我讓阿古留下來保護妳，妳也要聽他的話。」

「老爺，我總是在自己的地方，又有娘和春玉嬸照顧我，你不用掛心。反倒是你出門在外，風險難測，有事千萬不要逞強。你把阿古帶在身邊，我知道有可以信任的人保護你，就不會胡思亂想了。」

法奧農想想身邊已經少了一個勞吉，如果再沒有阿古，事情可能無法如期解決。而臺員目前是在荷蘭的控制之下，應該不會有什麼狀況才對。再說，假使他的敵人已經滲透到臺員，也就不會如此大費周章的引他到爪哇。也許，他是多慮了。

「好吧，我聽妳的。來，笑一個。」

這一晚，兩人都睡得不安穩。離別的時間一到，唐妹還是忍不住落淚。兩人極盡纏綿的吻別，才在阿古的催促下不捨的鬆手。

第十一章

唐妹的生活一旦少了法奧農，整個人的精力就好像也被他帶走了一樣。雖然她常常在花園裡走動，但任誰都看得出她的落寞。

三個月如蜻蜓點水般的滑走，法奧農卻沒有如期的回來。唐妹相信他絕對不是負心漢，心裡祈禱他只是被瑣事纏住，能夠遠離血光之災。

黑髮綠眸的碧西在折騰母親一夜後，平安出世。心情最興奮的莫過於淑敏，除了餵奶、睡覺的時間外，她幾乎是整天抱著嬰兒不離手。唐妹不曾見母親如此興高采烈、心滿意足，也就順著她的意，讓她盡情寵愛孩子。

時值盛夏，唐妹生產後的體力透支，加上法奧農仍是音信杳茫，使她的心情降到谷底，人也跟著有些病懨懨的。她常常昏睡好久，所以三餐無法正常，體力也就一直沒有復原，只能整日的躺在床上輾轉。

這個時候，荷蘭太守為了趕做防禦工程，強制把法奧農留守要保護唐妹的士兵統統調走，連林世金也被請去幫忙翻譯，疏導漢人工人。

有一天黃昏，淑敏抱著愛孫和春玉、素芬坐在側廳乘涼，天生麗質的新生兒增加了她們輕鬆聊天的話題。毫無預警的，一個衣著襤褸的老太婆突然上氣不接下氣、鬼鬼祟祟的衝進來，打斷了她們的好心情。

「妳是誰？竟然這麼莽撞。」素芬見有不速之客，很自然的挺身護衛。

老太婆揮揮手，作勢要素芬放低音量。「老夫人，妳們不要怕。我叫金花，兒子和媳婦都先走了，留下兩個可憐的孩子跟著我受苦受難。幾個月前，我的長孫禁不住餓，隨手偷了一個紅毛士兵的錢袋，本來他已被判死刑，後來有另一個紅毛夷出面救了我孫子一命，我四處打聽才知道是這裡的洋大人。因為是救命大恩，所以我一直希望能夠有機會可以報答。」

金花說到此先停下來喘口氣，淑敏便接著說：「大家有緣才能互相幫助，這點小事妳不用掛在心上。」

「不是啦，嚴重的事在後面，妳們要趕快逃走啦。」金花邊說邊拉著淑敏要往外走，素芬上前阻止，幾個女人糾纏成一團，急得金花越說不清。「妳們一定要趕快離開這個房子，因為等一下有人要來放火燒房子。」

「什麼？怎麼會？」

淑敏三人總要弄清楚事情的始末，不能莫名其妙的跟著陌生人起鬨。

「都是那個惡少陳明輝帶頭的啦，他到處煽動，說什麼唐妹成天妖惑洋大人、賣身求榮，才能有今天的好日子過。還說唐妹為了討洋大人歡心，出了很多餿主意來欺負我們漢人，甚至濫殺無辜的下人。原本大家心裡已有怨恨，再聽他這麼胡說八道一番，每個人都激動得想要起來反抗紅毛夷。陳明輝還說，趁現在洋大人不在，要給做漢賊的一個教訓。他們正在準備火把，我就趕快跑過來通知妳們先去避難。不過我也不能久留，萬一被他們發現是我來通風報信的，一定會對我們祖孫三人不利。老夫人，請妳原諒，我要先走了。」

淑敏不知所措的點點頭，金花如來時一樣匆忙的離開，留下一屋子六神無主的女人。

「事情怎麼會變成這樣？現在要怎麼辦？一時之間叫我們上哪兒去？」淑敏緊抱著孫子，全身因恐懼而不停的擅抖。

素芬年紀輕，腦筋動得比較快。「啊，老夫人，我知道一個很安全的地方。觀音寺的師太一定肯收留我們。」

「妳憑什麼這麼有把握？」

「現在沒時間解釋了。春玉嬸，妳趕快先去叫醒夫人，我去收拾一些重要的東西。老夫人，妳抱著小姐先走吧，別等我們了。」

「不好，要走大家一起走。」淑敏現在害怕得不敢一個人行動。

春玉已經知道淑敏的身體狀況越來越差了，她擺出難得的果決。「淑敏，妳動作慢又抱個孩子，趕緊先走。我們還要叫醒唐妹替她穿衣服，不能再拖了。」

淑敏像個無助的孩子似的點點頭。「好吧，妳們要快點。對了，素芬，不要忘了叫大家趕快疏散。」

「是，我知道。」素芬手腳俐落的一一行事。

唐妹被硬拉起床，看著素芬和春玉手忙腳亂的為她穿衣，以為有什麼大不了的喜事。

「是老爺回來了嗎？」

「夫人，妳先不要說話，提起精神跟我們走。」

唐妹人還沒有清醒，迷迷糊糊的也無力爭辯，虛弱的身子只能被架著走。

素芬原想從大門出去，路途較為平坦，結果剛過一個迴廊，遠遠的看到帶頭衝進來的是被辭退的廚娘阿鳳。她立刻轉個彎，改由後門逃離。走了一段路後，她回頭不見追兵，才放心的鬆口氣。

「春玉嬸，剛才真是驚險，幸好老夫人先走一步。」

兩人相視一笑，以為大家都躲過一劫，便專心的趕往目的地與淑敏祖孫倆會合。

另一方面，淑敏經過突然的劇烈奔跑，引發了頭暈目眩的老毛病，再加上天色漸黑視野不清，糊里糊塗的迷了路，不知不覺的走到了山崖邊，底下就是湍急的河流。她盲目的往前走，人就跌落至河裡。她在掙扎浮沉之間，仍然緊抱著孩子，心裡一直用力無聲的吶喊：救命啊，誰來救救我可憐的孫子，唐妹……神明啊……。

※　※　※

另一邊唐妹三人順利的抵達觀音寺，師太聽完春玉訴說發生的事情，頻頻搖頭的不敢置信，一向平和的民眾竟會禁不住挑撥而失去理智。

而春玉聽了素芬說完唐妹的善行後，也氣得捶胸頓足。暗地裡怨天眼未開，唐妹有好心卻沒有好報。

但她們無暇憤怒，立刻又開始擔心淑敏遲遲沒有過來會合。急性子的素芬按捺不住，一定要衝出去尋找淑敏祖孫倆。春玉擋著她，說明離開寺裡就會有危險，萬一和淑敏錯過而讓自己遭到不幸，豈不冤枉。

到了亥時，素芬唯恐淑敏體力不濟，昏倒在路邊無人救援，堅持要冒險出去尋找，請春玉務必要保護唐妹的安全。春玉被她的忠誠感動，怕她一介弱女子天黑在郊外走動不安全，囑咐她先去找阿材幫忙。幸好唐妹經過一路的奔波勞累，早已經又沉沉的睡去，完全不知道這一連串令人憂心的慌亂。

阿材正愁找不到淑敏她們，現在看到素芬心就安了一半。他和素芬不敢大聲嚷嚷，兩人只敢點著一個小火把悄聲的搜尋，以免引來憤恨未消的暴民。到天露曙光，兩人疲憊不堪之後，仍是一無所獲。阿材便決定去太守府找林世金幫忙。

林世金聽了整個事件後，立刻請求荷蘭太守派員沿途搜索。荷蘭太守認為唐妹不過是名呼之則來、揮之則去的輕浮女子，又不是正式的侯爵夫人，他不想為此影響工程的進度，便嚴厲的拒絕。林世金只好抬出法奧農來打壓，才勉強得到四名士兵的協助。

阿材擔心素芬體力透支，要她先回觀音寺休息，順便安撫春玉，以免她守在寺裡孤單害怕。搜救的工作由男人們來做就行了。

素芬也擔心唐妹醒來會找孩子，她拖著疲乏的身子回到寺裡，馬上又面對春玉殷切的眼神。她忍不住哭出聲，還是師太在一旁安慰提醒，先別悲觀的空自難過，眼前還有唐妹要照應。素芬這才收收淚水，守在唐妹的床邊打盹。

唐妹近午時醒來，一開口就是要抱小孩餵奶。素芬急中生智，胡亂的編了一個藉口，說是因為唐妹身體太虛奶水不足，所以另外請了一位奶娘照顧。

「那……這是哪裡？我們怎麼會在這裡？」

「嗯，就……就是新來的廚娘不小心把廚房燒了。呃……，還有大廳和偏房也遭殃了，所以現在正在重建。但是屋子裡叮叮咚咚的，老夫人說太吵了，就到寺裡來借住比較清靜。」

「那……有沒有人受傷？」

「沒有，大家都平安沒事。」

唐妹信以為真，安心的喝了一碗湯後又睡熟了。

※　※　※

素芬斷斷續續的睡到黃昏，養足了精神，起身又到廚房替唐妹熬湯。她一邊添柴火燒水，一邊納悶：怎麼一整天過去了，春玉嬸都沒有過來喚她呢？

她越想越覺得心裡不安，想找春玉問個明白。人還沒有走到大殿，就聽到一陣窸窣的哭聲。她忐忑不安的走近門邊，觸目所及的是地上有一塊草蓆覆蓋著人體。立在一旁的春玉、阿材和林世金都是涙水縱橫。

春玉嘴裡不斷的在說：「淑敏到現在還捨不得放開孫子，一下子失去兩個至親，教我們怎麼跟唐妹說。」

素芬立刻撲跪到屍體旁號啕大哭。「老夫人，都是我做奴婢的該死，沒有保護妳們。小姐，都是我該死啊……。」

春玉趕緊扶起素芬。「傻孩子，這不是妳的錯，妳這樣傷心會吵醒唐妹。她現在身子虛弱，經不起打擊，這件事一定要瞞住她。」

「當初我們不要分開讓老夫人先走就好了……。我太對不起老爺和夫人了……。」

林世金也收起眼淚安慰她。「妳不要自責了，很多事是人算不到的。老夫人身上沒有外傷，至少她們生前沒有受到太多痛苦。事情發生得太突然，她可能是驚嚇過度，不小心跌到河裡的。雖然發生不幸的事，可是妳們分開走的決定是對的。老夫人的動作慢，一旦拖延時間，後果更是不堪設想。」

眾人除了不勝唏噓之外，也實在無法挽回什麼。阿材和林世金先將死者安葬，設牌位祭拜。

林世金向荷蘭太守報告事情的經過，要求嚴懲暴徒並將唐妹等三名女子暫時安置在太守府，以維護其安全。

荷蘭太守認為管轄區內不可有暴民，他當然要殺雞儆猴。至於唐妹，不過是名普通的漢人女子，豈能住在太守府。而且為了能公平的管理眾人，也無需特別的保護她們。

林世金力諫不成，只好無奈的請唐妹等人暫時寄住在觀音寺。現在只能祈求法奧農早日歸來。

※　※　※

荷蘭太守眼看有個可以讓他施展鐵腕政策，發發權威的機會，立刻下令將陳明輝、阿鳳及數名帶頭的人處以極刑。

這樣一來，更加激怒原本就愚昧的群眾。他們一致認為，因為唐妹親近紅毛夷才會害死這麼多的漢人。一大夥人將觀音寺圍堵得水洩不通，大聲叫囂要求師太交出唐妹來償命。

春玉和素芬聽著寺外憤怒的吼聲，心裡既害怕又苦惱，不知道還能躲到哪去。而師太本著出家人的沉著，從容的敞開大門請大家冷靜下來。群眾的情緒正在沸騰，忘了平日對師太的尊重。有一壯男不領情，無禮的大聲喊叫。

「師太，妳是出家修行的人，不應該插手管這俗世閒事。趕快把那個禍水交出來就對了。」

師太看清說話的人，語氣有些僵硬的說：「阿彌陀佛，施主說這話實在有欠思量。施主上個月短缺納稅錢，貧尼念在施主平日事親至孝，撥了一些寺裡的添油錢相助，當時施主怎麼不說貧尼是踰越的好管閒事呢？」

被說的人一下沒了氣焰，慚愧的低下頭。師太又轉向另一人。

「許施主，令郎的身子服過藥之後有沒有比較好？許施主是不是也認為貧尼不守本份啊？」

由於現場有多人曾受過師太的幫助，一時之間眾人都理虧的沉默了。

師太改為緩和的語氣繼續說：「各位施主可曾想過，時下眾人生活困苦，本寺怎會有充裕的添油錢呢？」

群眾開始議論紛紛，有人懷疑難道是唐妹在幕後相助，但無人敢開口求證。

「貧尼不知道唐妹施主做了什麼壞事，貧尼現在也不想追究。不過，貧尼卻知道一件各位施主都不知情的事。自從唐妹施主聽到眾人有難，便竭盡所能每個月寄一大筆錢託貧尼幫助眾生渡過難關。貧尼是清修之人，原本不該議論是非，可是貧尼不忍各位施主誤入歧途、枉害生靈，所以才挺身點醒各位施主。貧尼瞭解各位施主的日子很難捱，有苦無處申，但是各位施主不敢面對真正的敵人，反而聽信他人一面之詞的挑撥，隨便找個柔弱的無辜者出氣，這種為了洩恨而不顧一切的作法，對嗎？貧尼懇請各位施主先平靜下來，之後再仔細想想，唐妹施主何苦大費周章的做雙面人？同時莫忘了，我佛慈悲。」

眾人面面相覷，開始謹慎的回想。除了耳聽陳明輝奚落唐妹愛慕虛榮，自願委身紅毛夷之外，沒有一個人想得出唐妹直接害人的具體實例。至於阿鳳，素來就是心胸狹窄，容易怨恨別人。如果唐妹真有害人之心，時至今日，不該僅有陳家僕役一人遭殃而已。

眾人討論至此，才後悔不該魯莽行事，間接害死了淑敏祖孫倆。人群中傳出三三兩兩婦道人家的啜泣聲。大夥兒心懷愧疚漸漸地散去，一些年長者則轉到被處極刑的喪家慰問調解。

第十二章

唐妹並不是心思遲頓的人，即使她目前的身心狀況很差，在觀音寺住了四天，她也隱約感覺到周圍的氣氛不太對勁。太安靜了些，好像少了什麼。啊，對了，她好久沒有聽到嬰兒的哭聲。她勉強撐起虛弱的身子，喚來素芬，堅持要看看孩子。素芬唯唯喏喏的推說孩子正在睡覺，唐妹便要她扶著自己過去看看。這下子素芬沒了藉口，不知該如何再掩飾，只是僵立在一旁。

「怎麼啦？」

「沒有啊。嗯……啊……，夫人，小姐在睡覺，如果把她吵醒了，嚇到她，以後可能會很難照顧。」

「是嗎？唉，我這幾天不知道怎麼搞的，心頭總是悶痛著，好像堆著一口氣吐不出來，憋著好難受。」

素芬咬著嘴唇，不敢應話。

「對了，我娘呢？我也好幾天沒看到她了。」

「老夫人……老夫人陪著小姐一起在睡午覺。」

唐妹覺得素芬的聲音似乎有些哽咽，再看看她的眼神躲躲閃閃的，心裡有了疑問。

「素芬，妳過來扶我，我現在一定要見到我娘。」

「不行哪，夫人。最好……不要去打擾老夫人。」

「我只是要知道她平安無事，我不會吵醒她的。」

唐妹使盡全力要走出這個房門，看看外面到底發生什麼事。素芬沒有理由再攔她，立刻跪在地上緊抱著她，不讓她知道事情的真相。

「素芬，妳放手，我現在一定要知道我娘和碧西發生了什麼事。」

「夫人，我求妳回床上休息，妳不要知道啦。」

素芬不爭氣的眼淚已經洩了底，唐妹開始心跳加速。

「一個是生養我的親娘，一個是我身上分出來的心肝，我怎能不聞不問啊。」

「夫人，是我該死，我求妳不要再問了，妳千萬不能知道啊。」素芬已經哭到話都說不清了。

至此，唐妹全都明白了。母親和女兒已然遭到不幸，她卻還在糊塗的過日子。她粗魯的推開素芬。

「發生這麼重大的事，妳們竟然還想瞞我？我實在愧為人子、枉為人母。老天爺啊，祢如果要懲罰我不知羞恥，祢就直接對著我好了，祢把我娘和碧西還回來啊。」

唐妹說著要去撞牆，素芬眼明手快的拉住她，兩人倒在地上較力。素芬怕自己失手，趕緊扯開喉嚨喚來春玉，但是兩人仍然敵不過唐妹因悲傷所爆發出來的力量。

「讓我死，我要去問問菩薩，我們沒有做壞事，祂為什麼不保佑？還是祂只保佑大人物不管我們小百姓？」

唐妹狂亂的掙扎，春玉幾乎要壓制不住，她趕緊出言安慰。

「唐妹，妳不要這樣，妳冷靜的聽春玉嬸說。妳娘的身子最近越來越壞，她怕妳擔心才不敢說，她這樣走反而比較好，少了很多痛苦。碧西也是乖孩子，她犧牲自己短暫的一生，來讓老人家高興。唐妹，這一陣子妳娘說她很幸福。真的，我沒有騙妳。」

素芬也幫著鼓勵主子。「夫人，妳要看開些，還有老爺啊。他回來如果看不到妳，一定會更傷心的。」

唐妹哭得更大聲了，好像要把心肺撕裂了一般，此時她已沒了力氣抵抗，整個人癱瘓在春玉的懷裡。

「都是我不好……我不該貪圖跟他在一起。讓我死，我要去問問菩薩，是我錯了嗎？娘啊……。」

三個女人哭成一堆，直到唐妹喘不過氣的暈厥。春玉和素芬也哭得聲嘶力竭，兩人有些虛脫的把唐妹扶回床上安歇。

等唐妹再次睡醒，整個人的感覺已經麻木了，既不吃不喝也不鬧，只是不停的流淚。看得周圍的人更加緊張，不知道要如何對待她。春玉苦口婆心的勸她，太過傷心會讓死者無法瞑目，而且淑敏絕對不願意女兒為她想不開。唐妹仍是充耳不聞，完全沒有反應。

春玉此時的心情陷入前所未有的慌亂與焦急。她一方面擔心唐妹的狀況，另一方面又要顧慮到長期借住在寺裡，會打擾到師太的清修，還有不知道鄉親的怒氣是否平息了。偏偏法奧農的歸程遙遙無期，真是令人心急。

素芬也常常是一邊做事，一邊無聲的流淚。她是既傷心失去慈祥的淑敏和可愛的碧西，也自責不該招惹阿鳳。可是有時又想，如果怕得罪壞人，放任壞人橫行霸道，這還成什麼世界？想著想著，她也感嘆做好人有什麼用，說不定殺人放火反而可以平安的終老。她的心思就這樣一直在憤恨和不甘心中打轉。

一日，素芬又看見師太在唸經，一時心火上衝，上前無理的打斷，用質問的口氣對著師太。「拜神又得不到保佑，拜神有什麼用？」

師太明白素芬是因悲傷而導至憤世嫉俗，不但不生氣，還很憐憫她。「阿彌陀佛，有人要晴，有人要雨，佛祖怎麼保佑？」

「照妳這麼說，我們還要神幹嘛？」

「佛祖當年捨棄榮華富貴和家人，為的是普渡眾生而不是自己。」

「自己都顧不了了，還管別人嗎？」

「人之所以有煩惱和不滿足，是因為自我太強了。如果能夠捨棄自我，換成無我，在世上還有什麼可損失的？」

素芬聽不懂這番道理，她只知道世界應該是善有善報、惡有惡報。她說不過師太，氣得口不擇言。「師太，妳不哭不笑，妳不是人。」

素芬說完話，扭頭就走。留師太在原地唉聲嘆氣，怪自己修行不夠，無法將她的怒氣導至正途。

※　※　※

幾天之後的早上，春玉在打掃寺前的落葉，遠遠的看到阿材帶著兩名陌生的男子朝這走來。

「春玉，我帶了一位貴客來。」

春玉仔細打量為首男人的裝扮像是個富家大老爺，身後很明顯是他的僕人。這老爺模樣的男人令她覺得很眼熟，就是想不起在哪見過。

「春玉，我跟妳介紹。這位是李老爺，他是唐妹的大哥呢。」

難怪她總覺得似曾相識，唐妹與他的眼神真是一模一樣。不過，沒人見過唐妹的大哥，沒憑沒據的，這平白突然冒出來的人物，誰知道是真是假。

春玉把阿材拉到一邊，壓低音量說：「你到現在做事還是這麼莽撞，你憑什麼認定他真的是唐妹的大哥？」

阿材理直氣壯的說：「妳不覺得他們兩人長得很像嗎？」

春玉瞪大眼。「哎唷，你還真好騙。天底下的人那麼多，就算是不相干的人長得一個樣也不稀奇啊。」

「我看他那麼斯文，應該不會騙人才對。再說啦，我們現在這麼落魄，騙我們有什麼好處？」

話雖如此，但春玉還是不放心的搖搖頭。「不要啦，阿材。經過上次那件事後，我真的怕了。連平日認識的人都會忽然翻臉，我不敢再相信人性了。」

文賓看出春玉的猜疑，從懷裡掏出一個金手鐲，主動上前遞給她。

「這手鐲是當年先父特別訂做給三房妻妾的，敏姨身上也有一個，我想她應該不會輕易的變賣。這一個原本應該是先母的陪葬物，我為了尋找敏姨和唐妹，冒著不孝的名義擅自留下來。大嬸，請妳仔細瞧瞧，是否曾見敏姨戴過？」

春玉對這手鐲的花樣很熟悉，不用多看，直接就說：「有啦，這手鐲唐妹現在還戴在手上。」

求證無誤後，春玉立刻引文賓去看唐妹。

文賓苦尋淑敏母女多年，好不容易苦盡甘來，原以為會有一場歡喜的大團圓，沒想到淑敏已經離開人世，唐妹是處在半痴半呆的狀態中。人事全非，他忍不住失禮的在生人面前落淚。稍後在旁人的勸慰下，他平靜情緒，緩緩的道出這十幾年來的尋親經過。

「那時候，我與敏姨說好了要接她們回家，等我要去接人時，她們已經先行離開了。剛開始我很生氣，氣敏姨罔顧唐妹的幸福欺騙我。後來是我的老管家在臨終前告訴我，他奉了先母的命令私下拜託敏姨離開的，我才明白她是犧牲自己的為我設想。當時我為了顧全先母的顏面，不敢大張旗鼓，只派了兩名信任的家丁在閩南附近一帶打聽，可是五年過去了，一點消息都沒有。我去請教敏姨以前的姐妹們可有聯絡，沒人知道她們上哪去了。三年前先母歸西，我擔心敏姨年歲也大了，這才大肆派人四處探查，也拜託一些有生意上往來的朋友幫忙。但是，我怎麼也沒想到敏姨會大膽的離開唐山。去年，郭成貴老爺到福州採買貨物，由於我與他私交不錯，便請他在舍下小住幾日。期間他與我暢談臺員目前的情勢，提到有個唐妹姑娘深受一位洋大人的寵愛。我聽她的名字一樣，也同是孤女寡母的，我想在唐山尋訪多年沒有消息，也許可以到臺員碰碰運氣。結果還是太遲了，我真對不起敏姨……。」

「李老爺，你千萬不要這麼想。雖然淑敏很少提起過往之事，但是偶爾說說也不曾有過埋怨的話。」

春玉比文賓年長幾歲，但因為她是淑敏的好友，文賓還是敬她如長輩。

「敏姨就是心腸太好，這一生才過得艱苦。唉，人生的變化實在是不由人，安排得再好的計劃，也禁不起老天爺的輕輕一撥。其實敏姨之所以會被先母趕出李家，有一部份的原因出在我的身上。當年先母已經幫我相中了一位富家千金，可是我私底下卻對乾貨店的女兒有好感，所以我去拜託敏姨請我父親出面作主。先父疼敏姨，成全了我的好事，卻讓先母懷恨在心。先父臨終時，我答應他會好好的照顧敏姨，偏偏先母的無容性，讓我這十幾年來，每天都在悔恨自己的軟弱無能。我現在才明白，原來多情也會傷人。當初若不是敏姨為我頂撞先母，我也不會有現在這樣好的妻子兒女。幸好老天垂憐，讓我熟識郭老爺，至少找到了唐妹，否則我可能就要遺憾終生了。」

阿材有些猶豫的插嘴。「我認為……李老爺最好還是與郭老爺保持君子之交淡如水的情誼比較好。」

「是嗎？為什麼？」

「因為……郭老爺在地方上的名聲不太好，聽說……他對待紅毛夷極盡諂媚。」

「哦，是為這件事，你們都誤會了。不過，原因我說給你們聽，可千萬不能傳揚出去。其實，郭老爺是用迷惑紅毛夷的手段做為障眼法，他私下有一幅臺員詳細的海岸航道圖要託我轉交給朝廷官兵，方便朝廷收回臺員時能夠順利的上岸。」

「真的？」阿材和春玉露出多日以來的第一個笑臉。「這麼說來，臺員的苦難快要結束了？」

文賓可沒有那麼樂觀。「問題是，朝廷現在也是動蕩不安、自顧不暇的，根本不把這個未開發的小地方放在眼裡，恐怕臺員的劫數還未了。算了，國家大事我們也管不著，還是請你們談談敏姨和唐妹在臺員的生活吧。」

春玉和阿材兩人交叉斷斷續續的敘說，他們盡量挑些美好值得回憶的事。春玉說到淑敏如何疼愛美麗可人的碧西時，又是淚眼滂沱。文賓瞭解慘劇發生的來龍去脈後，既是氣憤也是感慨。

「兩國交戰並不可怕，畢竟恩怨分明。真正可恨、令人痛心疾首的是內亂。自己人只敢欺負自己人，難怪外人會有機可趁，我們還拿什麼批評紅毛夷？做到死都是自己活該不夠團結。真是枉費郭老爺的一片苦心。」

已經發生的事，過後再如何的義憤填膺也於事無補。大夥兒收收眼淚，阿材提出現實的問題。

「李老爺，你現在打算怎麼辦？」

「我現在暫住在郭老爺府上，既然臺員已經沒有什麼可以留戀的，我希望儘快在這兩、三天內能夠整裝回唐山。如果大叔、大嬸不嫌棄，我願意如同對待敏姨一般的侍奉兩位。」

「這怎麼行？朋友鄰居互相幫忙是應該的，奉養可是大事，怎能勞煩李老爺呢？」春玉不想離開臺員，是心底還奢望有一天能盼到兒子回來。

「你們對李家來說，豈只是鄰居朋友而已。這些年來如果沒有兩位的幫助，敏姨和唐妹不知道要怎麼撐過來。你們算是李家的大恩人，讓我盡些孝道也是應該的。」

「李老爺別這麼說，如果不是唐妹受到洋大人的疼愛，進而庇護我們，我們兩個老的可能已被紅毛夷折騰得沒命了。」

「過去的別計較，現在為了維護唐妹的安全，讓你們陷入四面楚歌的局面，我豈能帶著唐妹一走了之，放你們任人欺負？」

素芬因為是僕人的身分，不敢隨便的發言，可是又擔心他們遺漏了一個重點。

「舅老爺，你不等我家老爺回來嗎？」

提起法奧農，文賓的臉色便很難看。「古人說，敬慎重正而後親之。他明知道自己已有婚約在身，就不該去招惹唐妹。像他這種貪戀女色的魯男子，根本沒有資格和唐妹白首偕老。」

「不過我家老爺已經解除婚約了。而且他還給夫人一條很昂貴的傳家項鍊，證明他一定會回來接夫人的。」

「哼，天底下多的是為女人傾家蕩產的男人，一條項鍊對他這種王公富豪來講算得了什麼？若不是這些年唐妹流落在外，憑她本身的條件，再加上我李家的祖德餘蔭，嫁入侯門豈是難事？哪輪得到他來作威作福，更別說是始亂終棄了。」文賓說到這，已是氣得握拳發抖。

「不會的，我家老爺一向言而有信。何況他離開時，夫人還懷著他的骨肉，就算不為夫人，他也會回來接孩子的。」

有道是一夜夫妻百日恩，文賓再怎麼討厭法奧農，也不能把事情做絕。「他說要去運牛，現在早已經超過了該回來的時間。這樣吧，我再等半個月，如果他還是沒有消息，我們就一起回唐山。」

因為法奧農沒有捎信為遲歸做解釋，對於文賓的決定，自然無人抗議。

※ ※ ※

在等待的時候，文賓先將唐妹三人安置在郭府，以免影響師太的清修。他白天都陪著唐妹，大多時候都是他一人在演獨腳戲，他耐心的述說家中的大小事：賢慧的妻子；剛出閣的長女；兩個穩重懂事的兒子……。希望能夠拉近分開十幾年的距離，也盼能激起唐妹的一些反應。即使唐妹常常是低頭玩弄自己的手指，不吭一聲的，他仍是不怕難堪，滔滔不絕。

過了八天，林世金神色慌張的來到郭府，正好眾人為了不吵擾唐妹小憩，圍坐在前院閒聊。

林世金沒有先用客套話搪塞，開門見山的說：「運牛船今天早上靠岸了，洋大人他……沒有回來。」

之前阿材、春玉和素芬不斷的向文賓背書，法奧農的為人有多麼好；對唐妹是怎樣的疼愛有加，現在聽到這個消息，三人都有些難堪的默不作聲，靜候文賓的裁決。

其實文賓的心裡並沒有生氣反而是鬆了一口氣，因為如此一來，他就能將唐妹接回家好好照顧，以彌補多年來的歉疚。不過，得先把事情做個結束，不能落在半空中，所以他還是向林世金問清狀況。

「他有沒有傳話解釋為何耽擱？有沒有確定的回程時間？」

「都沒有。我問過運牛的船長，他只知道奉命將牛平安的運回臺員，至於洋大人目前人在哪裡、動向如何，他完全不清楚。」

「既然如此，」文賓轉向素芬。「妳可以開始收拾包袱，準備回唐山吧。」

「可是……如果我家老爺回來找不到我們怎麼辦？」

素芬的愚忠在此時得不到文賓的讚賞，反而令他很頭痛，他不自覺的提高嗓門。

「他還會回來嗎？我並沒有硬要他如期回來，人難免會有突發狀況，但是就算有事纏身，延誤幾個月，他也該捎信或託人交代啊。連個口信都沒有，可見他根本就沒有把唐妹放在心上，那我們還巴望他什麼呢？再說，郭老爺雖然大人大量，我們也不該厚著臉皮長期叨擾，離開臺員也不用擔心再有暴民攻擊騷擾。」

文賓分析得有條有理，眾人無話可應，離開臺員是勢在必行了。

「既然李老爺心意如此，可否留下福州的地址，日後如果洋大人回來尋人，也好登門拜訪。」

「那麼就有勞林先生了。」

第十三章

唐妹自從受了打擊之後，整個人就無神地任人左右了。李夫人鳳珠見到她，彷彿重逢失散多年的女兒緊抱不放，唐妹卻是無動於衷的掙脫她的懷抱，躲在春玉和素芬的身後。文賓只好先將她們安置在後院竹林裡的小屋，再回頭向驚愕的夫人解釋唐妹目前的身心狀況。

文賓深怕會傷害唐妹脆弱的精神，她的日常生活起居都請春玉和素芬照料，不准家裡其他的僕役到後院打擾，也給唐妹絕對的自由空間。她空著的心無處寄託，不是坐在台階上望天發呆；或重覆一個無意義的動作一、兩個時辰之久；再不就是在大屋子裡閒逛，東摸摸西瞧瞧的。有時僕人在一旁屏息看她玩弄價值不菲的古董，卻不敢上前阻止，還好她只是無法與人溝通，不曾做出破壞傷人的舉動。不久，她發現後院有一小塊空地，便一個人在那挖挖種種的。剛開始，旁人以為她只是像小孩子一般的在玩泥巴，結果竟然被她弄出一個花團錦簇的小花園，連園丁看了都自嘆弗如。

唐妹唯一較令人頭痛的地方是吃飯問題。她食無定時，胃口也變得奇小，素芬擔心她營養不夠，為了逼她進食，常常端著一碗食物跟在她身後跑。鳳珠看不過去，拿過碗筷，溫柔耐性的誘導唐妹。因為她每天都會撥空陪著唐妹，偶爾也像寵小女兒一般的抱著她。所以唐妹比較會回應她的呼喚，乖乖的吃下鳳珠特別為她準備的各種藥膳補湯。

當然，唐妹委身紅毛夷生子的過去是瞞不住耳聰眼尖的下人。有一次，兩個小丫頭語帶譏諷的嘲笑唐妹，正好被鳳珠當場逮到，一向仁慈和善的她立刻上前給每人兩巴掌。由於這是鳳珠入李家二十幾年來第一次發脾氣，僕人們才瞭解她是真心愛護小姑，再也不敢有輕視唐妹的言行。

過沒幾天，文賓兩個已經出嫁的異母妹妹回娘家來抱怨，因為唐妹的醜行害她們受到妯娌的訕笑，在婆家抬不起頭來。她們一致指責文賓不該收容形同娼妓的唐妹。文賓聽了怒不可遏，若不是鳳珠擋著，只怕要說出絕話了。

文賓夫婦倆都慶幸唐妹現在的心神與外界隔絕，否則不知她是否能夠承受這無情責難的打擊。

※　※　※

一位陌生訪客的到來讓文賓重新評估唐妹的未來。來客自稱姓洪，是唐妹曾經工作過的雇主家的大少爺。他一開頭就直接了當的說愛慕唐妹多年，限於禮教一直不敢表白，成年後在父母的作主之下，娶了一位世交小姐。妻子不幸於去年病逝，現在他冀望能與唐妹共續前緣。

文賓也回答得很坦白，他絕不會因為唐妹不光彩的過去，而隨便的將她許給沒有真心的人。不過，她目前的狀況也實在很難給雙方美滿的將來，為了洪少爺後半生的幸福及唐妹能得到妥善的照顧，他希望洪少爺能先回去想清楚所有的利害關係，他自己也要好好考慮出嫁可能會對唐妹造成的影響。

洪少爺很有風度的起身告辭，並說自己的心意堅定，永不更改。他願靜候李老爺的佳音。

文賓最擔心的是唐妹離開親人會受到外人的歧視，他相信自己的兒子一定願意侍奉姑母到年老。可是，沒有兒孫繞膝，孤獨平安的生活對唐妹是最好的嗎？

文賓在猶豫不決時，家族裡的長老李養靖光臨造訪，文賓熱情的迎上前。「養靖叔公，真不好意思，好久沒去向你請安，反而勞駕你來。」

李養靖年少時風流不斷、不拘禮節，令長輩們頭痛不已，怎知這些個性在年歲漸長後，反成了受晚輩敬重的開明長老。「沒有關係，你忙嘛。我來看你也一樣，順便看看那個小丫頭。」

「她在後院呢。」

文賓立即吩咐僕人請春玉帶唐妹到前廳來，養靖叔公仔細瞧過唐妹後，他先揮揮手讓唐妹離開，才百思不解的搖搖頭。

「看她這面相，不像是福薄的人啊。有沒有請過大夫？」

文賓恭敬的回答：「有，大夫說脈象一切正常，而且唐妹不曾傷人，也會整理花圃，應該不是失心瘋，可能是驟然失去至親而傷心過度。」

「嗯。」養靖叔公捻捻鬍子。「文賓啊，我有一個想法，你可以參考看看。」

「叔公請講。」

「趕快給她找個婆家。女人嘛，生了小娃娃，心就落在孩子的身上了，有個小的要忙，以前的事就會慢慢忘了。至於對象嘛，人品不錯就行了。嫁妝呢，你這當大哥的也不要小氣，準備多一點、好一點，這樣要嫁人還不簡單嗎？」

「叔公，嫁人不是問題。前幾天就有一個洪少爺上門來求親，他說是唐妹的舊識。人看起來是不錯，不過是要唐妹當繼室的。」

「哎呀，這人好是最重要的。只要他能疼唐妹，管他是繼室還是偏房，名份是做給外人看的，批評是別人嘴巴要講的，可是日子是我們自己在過的呀。文賓啊，你是個乖孩子，但是太過一板一眼了，旁邊的人也跟著你難受。」

「是，叔公，你也知道我自小就是這個性子。」

「是啊，一板一眼也沒錯，家裡比較有規矩。我在想啊，如果家裡有個野蠻人當女婿，一定很熱鬧。」

「叔公，你又在說笑了。」

「你看你嚇的，隨便說兩句，你那正人君子的個性馬上就出來了。好啦，我要走了。」養靖叔公吃力的撐起身子，文賓趕緊上前扶一把。「欸，我剛才跟你講的，你和鳳珠說說看，女人家心細，也許有更好的想法。」

「是。叔公，你小心點。」

當晚文賓和妻子談起唐妹成親的可行性，鳳珠自己的感覺是寧願日夜思念心愛的人，也不要再委身他人。但她知道不管文賓做什麼決定，出發點都是為了唐妹好，所以她就沒有說出真心話，只擔心再嫁不知會不會引起唐妹的反彈。夫妻倆說了大半夜還是定不出一個肯定的結論，只好暫時將此事擱一邊。

※　※　※

過兩天，文賓的獨生女曉菁偕同夫婿王耀宏，抱著新生兒回娘家做客，文賓第一次添孫，特別吩咐廚師中午加些好菜。正好唐妹一早上都在忙著替花園鬆土，這會兒已累得上床睡午覺了，文賓便要素芬到飯廳一起用餐，人多熱鬧又可以沾些喜氣。

談談吃吃之間，這一頓飯吃了快一個時辰還未散席。忽然，孩子的奶娘衝進飯廳跪在王耀宏的跟前。

「少爺，奴婢該死……。」

「發生什麼事了？」

「小……小少爺不見了。」

「什麼？妳是怎麼顧的？」

眾人嚇得紛紛丟下碗筷，鳳珠趕緊安慰已經珠淚連連的女兒。

奶娘也怕得臉色發白。「我……我在房裡哄小少爺睡著以後，就到廚房吃午飯，結果貪話跟廚娘多聊了一會，等到回到房裡……，小少爺已經被人抱走了。我問遍了整棟宅子，都沒有人看到是誰抱走的，才趕緊來稟報少爺……。」

孩子在自己家不見了，文賓難辭其咎。「妳真糊塗啊，我要怎麼向妳家老爺交代？還跪在這裡幹嘛，趕快再去找一找啊。」

奶娘踉蹌的起身，被春玉喚住。

「妳有沒有到後院去看一看？」

「後院？沒……沒有。他們說不可以到後院去打擾姑奶奶。」

「最好過去看看，說不定孩子就在那裡。」

眾人懷疑的趕到後院，果然看見唐妹抱著嬰兒坐在瓷凳上淚流不止。嬰孩睜著烏溜溜的大眼，舒服的偎在她的懷裡，不哭也不鬧，完全感受不到姑婆悲苦的情緒。

旁觀的人難過得不敢出聲嚇到她，只有春玉輕輕的說了一句。

「還好，總算還是有感情的。」

唐妹就這樣坐了將近一個時辰，累了才抱著孩子回房裡休息。素芬等她熟睡了以後，輕巧的抱起嬰兒還給奶娘照顧。唐妹醒來在屋子裡上下的翻找孩子，她一邊哭一邊找，甚至坐在地上耍賴使性子。旁人怎麼哄都不聽，周圍的人都被她弄得心酸酸的。

經過這件事，文賓決定答應洪少爺的求婚。他正在大廳指示管家如何回覆洪少爺時，阿材、春玉和素芬聽到消息立刻趕過來。

素芬不顧一切的打斷文賓，跪在他跟前。「舅老爺，自古烈女不嫁二夫。雖然我家老爺與夫人沒有正式的拜堂，可是我家老爺對夫人的好，我這個做貼身丫頭的最清楚了。如果夫人是清醒的，一定也會反對這個安排。舅老爺，我這個做下人的不自量力的求你，求你相信我，我家老爺一定會回來的。」

「是啊。」春玉接著說：「淑敏生前曾跟我說過，她很放心有洋老爺照顧唐妹。」

文賓有些惱怒了。「連郭老爺也說他是個君子，難道只有我是壞人，見不得唐妹好嗎？」

阿材見氣氛緊張，連忙出聲打圓場。「當然不是啦。李老爺沒有見過那個洋大人，加上又發生這麼多事情，對他難免會有誤解，這也是人之常情。不過，請李老爺仔細想想，洋大人要離開的時候，唐妹已經快要生了。如果洋大人只是一般沒有真心的好色之徒，早在唐妹懷孕之初，他就會掉頭離去，他何苦陪著我們打轉呢？」

「現在先不管他是什麼居心，重要的是他人現在在哪裡？如果他在海外有個三長兩短的，難道要唐妹等到老死嗎？」

經過這幾個月的相處，阿材他們已經瞭解到，文賓大體上是個斯文有禮、寬容待人的好老爺。但是，事情一旦牽扯上法奧農，他就立刻變成剛愎自用、成見頗深。可惱的是，法奧農遲遲未出現，縱使旁人舌燦蓮花，也無法匡正他一去不回的事實。

文賓對管家揮揮手，疲倦至極的說：「你去吧，把我的意思轉達給洪少爺。只要他的真心誠意就夠了，其他的婚禮細節，一切從簡。」

管家應命而去。素芬哭著跑出大廳，好像受到委屈的是自己。

沒一會兒，管家又折回來了。

文賓驚呀的問：「咦？你這麼快就回來啦？」

「不是的，老爺。我才剛踏出大門就碰到一個年輕人，他自稱是春玉嬸的兒子，我不敢輕信，要他在外頭等著。」

眾人立刻忘了剛才令人苦惱的討論，紛紛走到前院探個究竟。春玉一時驚喜過頭，竟然想不起兒子的長相。阿榮已經跑過來跪在她跟前，她還是久久吐不出話來。

「娘，兒子不孝，讓娘受苦了。」

春玉摸摸兒子右耳上的胎記，心裡高興，嘴上還是罵道：「你這不肖子，一去六、七年也不知道要回家。」

「娘，兒子是身不由己啊。」

母子倆抱頭痛哭，旁人也陪著掉眼淚。阿榮歷劫歸來是喜事，文賓吩咐管家，中午要為阿榮洗塵。鳳珠扶起春玉，要大家回廳裡再詳敘。

一回到大廳，阿榮不但出乎意料的轉向文賓磕頭，更說出令人驚愕的話。

「李老爺，都是我該死，是我不懂事害死了淑敏嬸。」

「你在說什麼？趕快先起來。這事怎麼會與你有關？」

春玉也緊張了。「阿榮，人命關天哪。有什麼事，你可要老老實實的跟李老爺說清楚，千萬不能有一點隱瞞。」

阿榮點點頭，沉痛的道出這些年來的遭遇。

「當年我那一次出海，原本已經滿載準備要回航了，結果半途遇上紅毛夷的船，被押到澎湖做苦工。每天吃得少、做得多，餓死了很多人，我想著娘咬著牙忍下來。第二年，剩下來的人被載到南洋拍賣做奴隸，我被賣到爪哇的一個大農場。我只知道主人是個紅毛貴族，因為他喜歡到處遊玩，很少待在農場裡，所以我也沒有看過他。不過，農場的總管是個心狠手辣的人，有人稍微偷懶一下，不但要鞭打一頓，還得餓上一天做為懲罰。大前年有一段很長的時間，主人都沒有到農場視察，事情開始有了變化。不知道是誰帶頭的，竟然提議要集體作亂、逃亡，然後是有人開始放火燒農作物。過沒多久，來了一個主人的親信，可是不知被什麼人打成重傷。後來有人在傳說主人要來了，如果能殺死主人，我們就可以自由了。我心裡打算或許可以趁著混亂逃出南洋，便也參了一腳。幸好主人很聰明，他沒有直接到農場興師問罪，而是先在農場附近的樹林裡紮營了好幾天，祕密的暗中觀察實際的情況，等他瞭解真相以後，立刻快刀斬亂麻的解決了問題。原來是總管妄想霸佔農場，他暗地裡煽動奴隸，想引來主人殺之滅口。真相大白後，總管及他的爪牙馬上被處以死刑，至於我們這些奴隸，則每人切掉一隻小指以示懲戒。我因為隨身帶著我娘特別為我繡的荷包袋而逃過一劫。」阿榮深吸一口氣，才沉重的繼續說。「說到這裡，你們大概都猜到了，我的主人就是唐妹孩子的父親。當他看到我的平安符，便用河洛話問我的身世。我嚇了一大跳，沒想到他會說河洛話，我不敢騙他，老老實實的說了清楚。接下來他還說了令我更吃驚的事，原來他與我有著一點關係。他不但立刻還我自由，還拿了一筆錢要我坐一艘十天後開往臺員的荷蘭軍船。他對我說農場暴亂的原因不單純，所以他無法如期的回臺員接唐妹，他要我對唐妹說，要耐心的等他，等他把事情都處理好，他一定會回來的。接下來發生的事都是我的錯。我因為離家太久，一剛恢復自由，真想可以插翅飛回臺員。我在碼頭上閒逛，碰到一艘即刻要啟程到臺員的商船，沒有跟主人報備，就等不及的私自上船了。因為是商船，所以沒有武裝設備，當我們遇到海盜船時，根本沒有抵抗的能力，所有的人都被迫入夥做海盜。我為求保命，只好硬著頭皮拚了，也做了近一年的海盜，不過我可沒有傷過人。在一次的出襲當中，我看出有幾個人和我一樣很無奈，我們見數人有志一同，當下就很衝動的趁著混亂隨便的抓了一艘小船離開。我們在海上漂流了兩天，幸好老天爺保佑，總算遇到一艘臺員的捕魚船，平安的回到臺員。我一上岸立刻就跑回家卻找不到人，四處打聽也沒有人知道你們的下落。過了幾天，有個林先生才把你們的消息告訴我，他還說……。我真的沒有想到……，如果我能早點回來，一定就不會發生了……。」

春玉聽到這，提起拳頭往兒子身上搥打。「你一個大男人，做事這麼糊塗，你叫娘以後拿什麼臉去見淑敏？乾脆我現在就打死你，我們母子倆一起給淑敏賠罪。」

春玉打得認真，阿榮也不敢閃躲，文賓夫婦只好上前拉住她。

「春玉嬸，不要這樣。」

「李老爺，是我教子無方，有虧婦德。我沒臉敢再活在這個世上，今天我就以死向淑敏祖孫倆賠罪。」

「春玉嬸，妳快起來，我李家不是不講理的人。我們誰也無法預料會發生這種事，這是敏姨命裡該有的劫數，不能硬推在阿榮的身上。如果沒有妳幫忙，我今天可能連唐妹都保不住。更何況，先前敏姨和唐妹承蒙妳多年的照顧，我又該如何報答呢？我李文賓若是記過不記功，豈不是要遭人恥笑，有損祖德？」

「生死大事，我怎能心安？怎能不計較？」

「我們兩家之間的好壞、對錯已經算不清了。過去的事再計較也於事無補，妳就不要多想了。」

阿材也以長者仲裁的身份從旁勸導。數說文賓是有度量、明事理的君子，阿榮受託的任務也僅止於傳話而已，沒有義務背負這兩條人命。若春玉母子倆此時有個三長兩短，外人不瞭解內情，還以為是文賓心胸狹窄、牽強的遷怒無辜的人。與其追悔過去，不如好好照顧現今的唐妹。

春玉看著文賓夫婦臉上誠懇的表情，才放心的點點頭。

中午，文賓在家設宴為阿榮洗塵。除了替他去去霉運，也慶祝他歷劫歸來、母子團聚。

文賓的心情很好，在座的人都以為他是摒棄了對法奧農的偏見，打消了和洪少爺結親的念頭。

※　※　※

過了幾天，文賓不耐煩的在大廳裡來回踱步，嘴裡嘀咕著事情不太對勁。

「奇怪了，這人怎麼還不來？一點動靜都沒有。」

正好阿榮走進來，想請教是否能幫忙做點事，聽到了文賓的自言自語。

「李老爺，我家老爺一定是回國了，算算時間，應該快來了。」

「你在說什麼？」

「你不是在唸我家老爺嗎？」

「哼，誰有空理他？那個野蠻人。阿福、阿福啊。」

管家快步走進來應聲。「老爺。」

「你那天是怎麼向洪少爺說的？」

「洪少爺？說什麼？」

「欸，你糊塗了？我不是要你跟他說，請他擇個黃道吉日過來下聘嗎？」

「呃，我……，老爺，我沒去啊。正好阿榮回來，我以為……。」

「阿榮回來是他回來，我交代你的事還是要辦啊，你怎麼把兩件事攪和在一起呢？」

「可是阿榮說，姑老爺一定會回來——。」

「你不要管那麼多，照我的話去辦事就行了。」

「是。」

管家恭敬的退出大廳，被守在外頭的阿榮截住。阿榮請他稍待片刻再去執行命令，然後他飛也似的跑到後院搬救兵。

一干人由阿材帶頭，匆匆忙忙的衝進大廳。

「李老爺，聽說你準備把唐妹許配給洪少爺。」

文賓慢條斯理的喝口茶，彷彿天崩地裂也無法改變他的心意。「是啊，我是這麼打算的。」

「為什麼？你不等洋老爺嗎？」

「哼，像他那種人，到處都有仇人，一旦家破人亡，榮華富貴又有什麼用？」

「可是——。」

「俗話說，平安就是福。唐妹既不缺嫁妝，也不是貪戀虛榮的輕浮女子，她需要的是一個可靠老實的夫婿。我看那洪少爺為人穩重、談吐有禮，是一個很可以信賴的人。」

「李老爺，我知道唐妹的終身是由你定奪。但是，唐妹與那洋大人兩人情深意濃，如果李老爺執意要唐妹嫁給別人，一旦洋大人回來卻接不到人，肯定不會善罷干休，甚至會有報復的行為。」

「哼，我還會怕他嗎？」

阿榮搶著說：「我家老爺脾氣很壞耶。」

「他的脾氣很壞？那你們還希望唐妹能夠依靠他？」

「不是啦，李老爺你誤會了。」阿榮急急的解釋：「我的意思是，我家老爺平常人很好，可是遇到值得生氣的時候，他的脾氣便很嚇人。而且，大凡是男人，如果發現心愛的女人易主了，哪有不動怒發火的？」

「是啊。」阿材認為採用密集的說服方式比較能收到成效，於是立刻又接著說：「洋老爺說要把事情處理好了才來接唐妹，可見他也有顧慮唐妹的安全，處處為她設想。這樣細心謹慎的人，絕對會誓死保護唐妹，李老爺實在不必擔心。」

文賓很想再說些以唐妹安全為重的理由來反駁。他從眼角看到鳳珠不知何時來到一旁，靜聽一切，她的眼神盛滿無言哀淒的懇求，希望丈夫能改變初衷。文賓無法再與她對視，他的臉湧過懊惱、無助的表情，最後滿面通紅的丟下一句話。

「我為什麼要收留一群和我作對的客人呢？真是自討苦吃。」說完便躲進書房。

留在大廳的人像是跟親兄弟決鬥而獲勝一般，雖然達到目的了，卻沒有歡欣之情。

鳳珠看各人都有些坐立不安，歉然的為夫婿辯白。

「阿材叔、春玉嬸，請不要計較文賓的無禮，這些年來，他的心也夠苦了。他這一生最大的遺憾，就是沒能好好照顧敏姨和唐妹，因為她們是我公公生前託付的人，所以他一直為無法完成我公公唯一的心願而耿耿於懷。敏姨離開李家七、八年後，有一陣子，文賓他晚上都做相同的夢，夢見我公公在家附近徘徊，無論他怎麼哀求，我公公就是不理他。他常常是哭著醒過來，我看他一個大男人哭得那麼難過，有時候我真寧願他能無情無義一些，至少他就不會那麼痛苦。現在他私心裡有些希望那個洋大人不要回來，這樣他才有機會對唐妹盡一些兄長的責任，彌補當年的疏失。其實，他對妹婿比對女婿還看重，他捨不得讓唐妹再受到一絲一毫的委屈，才會如此否決洋大人。文賓他就是責任心太重，這些年來才會一直自我折磨。」

鳳珠說得熱淚盈眶，旁心也能感同身受。阿榮更是既悔恨又愧疚，決定後半生要全心效忠法奧農，以補償先前的過失。

※ ※ ※

接下來的日子很平靜。文賓隱性基因的任性孩子氣突然浮現出來，他閒暇時最大的消遣變成數落法奧農的不是。他賭氣的將小事描成罪大惡極，旁人現在明瞭他是心裡不平衡，也就耐著性子縱容他。

有一次，文賓又在自我娛樂，鳳珠擔心他玩過了頭，無法恢復理智。故意刺激他說，再大聲一點、再多講一點，洋老爺的耳朵癢得受不了，立刻就會飛奔回來。文賓聽出話裡的嘲諷，乖乖的吃下餌，不再借題發揮的發牢騷。

第十四章

明崇禎元年（公元一六二八年），閩省大旱。

李家雖是大戶，終究也躲不過無水之苦。文賓有意結合地方上的富戶，集資到外地運水。一天早飯後，他向家人商議此事的可行性。正在討論可能會面臨的困難時，管家憋著一臉的笑意走進來。

「老爺，他來了。」

文賓覺得家裡的僕人似乎越來越沒規矩了。

「沒頭沒腦的，誰來啦？」

「嘻……，是姑老爺。」

「小姐回來啦？小少爺有沒有一起帶回來？你到底在笑什麼？」

「不是姑爺，是姑老爺，那個洋大人。」

「啊？」文賓雖然知道唐妹遲早會隨法奧農離去，但事到臨頭，他還是受不住震驚，整個人僵坐著不動。

鳳珠一直很好奇法奧農的長相，是否如傳說中的深山長毛野人一樣。她像是趕著看廟會遊行的第一個走出大廳，看清之後，才明白管家為何會忍俊不住。

法奧農的外表除了身形高大、髮色差異之外，倒沒有驚人之處。他走起路來虎虎生風、威嚴十足，一看就知道是習慣發號施令的貴族。他的表情凝重懾人，彷彿是來擺平令他不痛快的事情。儘管他的周身散發冷酷無情的氣息，懷裡卻很不協調的抱著一隻竄動不安的粉紅迷你豬。緊跟在他身後的是勞吉和阿古，還有二十個抬著大禮盒的隨從。

阿榮一個箭步上前，跪在地上迎接。法奧農只頓了一下，用壓制憤怒的口氣說：「起來吧。」然後繼續以橫掃千軍之勢朝大廳邁進。

文賓的臉像是漿過，繃得緊緊的。他沒有起身相迎，存心要給法奧農難堪。

法奧農不以為意，指示隨從放下禮品。眼神犀利的盯著文賓說：「這兩年多來，多謝李老爺替我照顧唐妹，這一點小東西不成敬意，請你笑納。今天，我是來接唐妹的。」

文賓的嘴角很不屑的牽動一下。心想他竟然這麼狂妄，也不為失蹤的事解釋一下，一來就直接要人，若不挫挫他的銳氣，他當真以為他行遍天下都可以為所欲為嗎？

「我一定會笑納。至於你要來接唐妹，憑什麼？」

「唐妹是我孩子的母親，而你只是她的異母大哥，難道夫妻之情比不上兄妹之情嗎？」

法奧農不容轉圜的語氣，讓旁人明白他是故意來挑釁的。文賓也知道再逞口舌之快，受傷害的會是唐妹。像法奧農這種厚臉皮的野蠻人，只怕會為達目的而不擇手段。於是，他識趣的轉個大彎。

「既然你這麼說，我也不想當壞人。唐妹在後院，你可以先去看看她。如果她願意跟你重新開始呢，請你擇個黃道吉日正式來下聘；相反的話，就請你收好你的尾巴回花果山吧。」

法奧農不知道花果山是什麼東西，但他當然聽得出文賓話裡的輕蔑之意。他決定漠視文賓的怒氣，轉向鳳珠示好，彬彬有禮的請她帶路。

唐妹剛忙著修剪突出的岔枝後，現在正坐在台階上休息。她習慣性的仰天出神，忽然感到有東西在舔她的手指，才低頭看到一隻粉紅的小豬圍著她打轉。小豬乾淨可愛的模樣，令她忍不住抱在懷裡撫摸。她專心的逗弄小豬，沒有察覺到身旁又多了一個大男人。

法奧農此時的心情比初識唐妹時還要忐忑不安，他聽說了唐妹的情況，覺得是因為她痛失至親，再加上自己久無音信，才會傷透了她的心。他沒有把握唐妹是否肯重新接納自己，他心跳如鼓的溫柔低喚：「唐妹。」

唐妹聽到一個奇怪的聲音，她轉頭四處尋找，剛看到一個模糊的影子，本能的以為是陌生的侵入者，嚇得丟下懷裡的小豬，衝進房裡將門拴緊。

法奧農不明白唐妹為什麼會有這樣的反應，他還沒來得及說服唐妹開門，文賓已在他身後冷冷的開口。

「唐妹的心意已經表示得很清楚了，你可以死心的離開了。」

法奧農正宛如熱鍋上的螞蟻，無心理會文賓的幸災樂禍。他粗魯的回罵：「你閉嘴！吵死人的老猴子。」

「什麼？你竟敢罵我？」

法奧農一心急著要再見到唐妹，他繞到屋側想由窗戶進入。文賓氣不過他出言不遜，想要拉住他好好教訓一番，卻被阿材和阿榮兩人擋住，半拖半勸的將他拉離後院，讓兩個久別重逢的人自行解問題。

唐妹坐在地上側靠著門板，將頭埋在兩膝之間，整個人縮得像球一般的顫抖。法奧農靜默的站在她的身後，若思著要如何突破她逃避現實的心防。外邊還隱隱約約傳來文賓憤怒的叫囂。

「不要拉我。你們看那個野人是什麼態度，啊？那麼大的眼睛裡裝不下任何人……。」

法奧農等一切歸於平靜後，才小心謹慎的輕觸唐妹的肩頭。她像猝然遭到電殛般的轉過身，一看到法奧農馬上往後退要逃離他。

「唐妹，是我，妳忘了嗎？」

法奧農扶著她的臉要她看著自己，唐妹張著一雙驚悸的大眼，不住的緊縮著身子。法奧農舉起她的手貼在自己的臉上，要她從觸感中找回記憶。

「唐妹，妳是不是在怪我？怪我沒有早點回來？還是妳真的以為我不要妳了？」

唐妹聽著法奧農的聲音像是來自遙遠的天籟，她的感覺不再尖銳，矇曨中好像靈魂要自找出口一樣。她無意識的用手指描著法奧農五官的輪廓，心底最深處的一點火光一直在等待破繭而出，如今火光越來越強，照亮了她的靈魂之窗，讓她看清了週遭真實的世界。

唐妹熱淚盈眶，啞著嗓子久久發不出聲音，好一會才哽咽的說：「我……我一直在等你……，我想知道你有沒有負我……。」

「這一輩子絕對不會。」

法奧農激動的抱緊唐妹，兩人的淚水交流著。唐妹無法再往下說，只是克制不住的痛哭，不知過了多久，她再也沒有動靜。

法奧農發現唐妹的眼瞼因過度哭泣而浮腫，人已疲憊的睡熟了。他溫柔的將唐妹輕放在床上，喚來素芬要她小心服侍，僅僅說了一句他明天再來，也沒有向文賓打聲招呼，就帶著自己的人手大搖大擺的離去。

隔天一早，素芬因為看顧唐妹累得趴在桌上睡著了，她醒來揉揉眼睛、伸伸懶腰，驚訝的看到唐妹已經梳好頭髮坐在窗邊凝視。

唐妹回過頭，好像不知民間疾苦的露出純真的笑容，很自然的出聲喊到：「素芬。」素芬整個人跳起來，張著嘴連連後退，撞到門檻才轉身往外衝，一路上大聲嚷嚷。過沒多久，一群人擠進唐妹的房裡探查究竟。

唐妹以陌生的眼光細細打量文賓夫婦，她疑惑不安的心在看到春玉和阿材便鎮靜下來。「春玉嬸、阿材叔。」

文賓原本不敢冒然開口，怕把唐妹好不容易凝聚起來的一點精神嚇跑，現在看她正確的喚人，鬆口氣的放下聳起的肩膀。

「唐妹，妳的精神好啦？」

唐妹遲疑地回他：「你……你是誰？」

「我是大哥啊，我——。」文賓差點要說出他們已住在一起兩年多了，但是隨即又打住。如果唐妹尚未完全恢復，他不想多說來刺激她。

唐妹的明眸思索般的眨了眨，隨後綻放一個天真無邪的笑靨。「我想起來了，你說過要帶我去看你養的小鳥，還有我娘——，咦，我娘呢？」

眾人以為唐妹完全康復的希望破滅了，大夥兒屏息的沉默著，沒人敢打破瞞騙的平靜。

「怎麼了？我娘呢？她的身體有沒有比較好一點？」

素芬突然冒出一句語驚四座的話。「老夫人出家了。」

「啊，為什麼？」

素芬只想到要趕快找個答案，以免唐妹起疑，卻忘了先想好解釋的理由。這下子她無法下台，傻著眼求助旁人。

春玉機警的將唐妹的注意力拉過來。「是這樣子的啦，妳也知道妳娘這一生多苦多難，所以她想清修敬神，好積些功德。妳不要擔心，她在山上過得很好、很平靜，人也比以前健康多了。」

「只要她平安無事就好。我好像是睡太多了，人有些懶懶的。」

素芬小心翼翼地問：「夫人，妳還記得老爺嗎？」

「老爺？當然記得。」唐妹顯出新婚少婦的羞赧。「他對我很好，經常送我花呢。」

唐妹像個興奮過度的孩子吱吱喳喳的。旁人雖然都沒人打斷她，卻心照不宣的注意到她只提美好愉快的回憶，無人敢問她是否記得碧西的事。

唐妹說得盡興了，想要回床上休息一會，眾人才滿懷心思的離開。

文賓領著大家回到前廳，才剛落座，法奧農隨後就大剌剌的登堂入室，他以唐妹丈夫的身份，理直氣壯的要參與有關唐妹病情的討論。文賓雖然心有不滿，卻也無法否認他輕易的做到自己努力了兩年多仍徒勞無功的事。

文賓首先提出想法，他認為唐妹能夠清醒已屬萬幸，只要她有能力照顧自己，過去的事就當做從沒發生過，不要再提了。

法奧農抱持相反的意見，他大聲的斥喝。「不行！」

文賓和法奧農很有默契的互不把對方放在眼裡，他拋出一個帶有強烈敵視的眼神。

「你說不行是什麼意思？」

「我的唐妹不是懦夫，她應該有勇氣面對任何打擊，她也有權利知道自己的一生是怎麼過的。」

「可是，她現在好不容易才恢復了大半，如果再刺激她，以後可能會永遠都救不回來了。」

法奧農大手一揮。「你說的只是假設情況，我討厭投鼠忌器的想法。唐妹現在還很年輕，未來還有很長的日子，如果她現在過不了這一關，她要如何面對以後可能會有的考驗？」

「這不需要你操心，唐妹還未正式出嫁，她的後半生自然有我這做大哥的替她打點。」

文賓昂起下巴，說得字字鏗鏘，表現出十足一家之主的威嚴。法奧農可不吃他這一套。

「你到現在還沒有學到教訓嗎？就算你財大勢大，改變得了這乾旱天象嗎？你用什麼保證以後不會有洪雨地震、人事驟變？除非唐妹自己夠堅強，誰也無法替她過日子。難道你願意她一輩子迷迷糊糊、求人憐憫、毫無尊嚴嗎？」

法奧農的嗓門越來越高，文賓也跟著大聲咆哮。

「我不管那麼多，我只要她平平安安、無風無浪的過一生。」

「你這個老笨蛋，活得跟木頭人一樣有什麼意義？」

文賓誤會了法奧農的意思，氣得要撲向他揍人，一旁的阿材和阿榮眼明手快的上前擋住他。法奧農料定他無法近身，以居高臨下的神氣藐視他，氣得文賓破口大罵。

「你這個紅毛畜牲，唐妹如果有什麼三長兩短，我跟你拚了。你們不要拉我，他都不怕死了，你們還替他擔心什麼？」

法奧農的心中另有主意，他不想浪費精神去敲醒文賓頑靈的腦袋，很乾脆的轉身走人，不顧身後驚訝的叫聲。

「你們看看這個野蠻人！說來就來、說走就走，他把唐妹當什麼了？」

文賓的生活範圍單純，週遭的人盡是忠厚老實，他頭一次遇上法奧農這種不按理出牌的個性，又事關摯愛的小妹一生的幸福，爆發了前所未有的怒氣，任春玉和阿材說了一籮筐的好話也無法澆熄。

一時之間，大廳裡鬧哄哄的，每個人都有自己的想法要發言。忽然一聲淒厲的尖叫聲蓋過全場，有個丫鬟大喊夫人昏倒了。文賓立刻忘了嘴上罵人的事，趕緊抱起鳳珠回房。他才要轉身叫人去請大夫，鳳珠已經拉著他的袖子坐起身。

文賓恢復好丈夫的本性，體貼的問：「妳清醒啦？覺得怎樣？有沒有好一點？」

「別緊張，我沒事，我是故意假裝昏倒的。」

「什麼？」文賓傻眼了，好像他的世界一下子顛倒過來，周圍的人都在跟他作對。

「哎呀，妳怎麼開這種玩笑？」

看著丈夫懊惱、著急的神色，鳳珠的心裡浮上一層愧疚感。「阿賓，你不要生氣，我有些話想跟你說，我怕你聽了會不高興，所以我不想當著那麼多人面前講。可是，剛剛的情況太混亂了，我不知道要如何讓你平靜下來，就莫名其妙的想了這個法子。我不是故意要嚇你的。」

既然鳳珠有顧慮到他的面子，文賓也不忍再苛責愛妻。

「有什麼話值得妳這樣折騰自己？」

「我要向你坦白一件我欺騙了你十幾年的事。」

「這麼嚴重？別急，妳慢慢說。」

鳳珠深呼吸一口氣。「婆婆在世的時候，每次我要到寺裡上香，都跟她說是要為她祈福，其實我是騙她的。我最主要的目的是要神明保佑敏姨平安長壽，能夠順利的跟我們團圓，因為她是我這一生中最大的恩人。之前我跟她素不相識，但是她給了我機會，讓我可以嫁給世上最好的男人，過著夢寐以求的幸福生活。」

「我有這麼好嗎？」文賓沒有責怪妻子，他也有自己的心事。

「當然有。我只是普通人家的女兒，原以為嫁個老實單純的人，平淡的過一生就不錯了，從不敢妄想和富貴人家能有什麼關係。即使剛認識你的時候，我也沒有把你的話當真，以免以後失望了會更難過。如果沒有敏姨的幫助，我根本沒有資格過這種好日子。」

「妳怎麼如此貶低自己？這二十年來，妳對上孝順婆婆、對下寬容公正，有誰挑得出毛病？誰敢說妳不夠格享受富貴？」

「阿賓，你還不明白嗎？重要的是機緣。當年公公根本沒有機會認識我這種小人物，如果沒有敏姨提起，即使我再賢慧，也沒有機會可以嫁入李家，李家的人誰會知道我可以做得多好？就像懷才不遇是人生最悲哀無奈的事。所以，我希望你能看在我的份上，給那個洋老爺一個機會，就像當年敏姨對我一樣。」

鳳珠的善良動搖了文賓堅持己見的決心。

「唉，其實我們一成親沒多久，我就很後悔不該娶妳進門。每次看到娘刁難妳，當著僕人面前羞辱妳，我就恨我自己。做妳的夫婿，卻沒能好好保護妳，結果娶了妳反而害了妳。」

鳳珠溫柔的愛撫文賓的臉。「傻子，你才是我要共度一輩子的人。只要能跟你在一起，有你疼惜我，婆婆嚴厲一點的教誨算得了什麼？」

兩個互相感動的人含淚凝視。文賓想起了一件令他落淚的往事。

「我最後一次見到敏姨時，她也說過這樣的話。她說，為了爹，她可以不怕苦、不怕難，也許……。」

「也許唐妹也是這麼想。」

愛妻篤定、鼓勵的眼神，讓文賓露出一個苦笑，是釋懷、也是無奈。

「唉，父兄難為啊。」

鳳珠也破涕為笑了。「是啊，尤其是家裡有這麼一個優秀的待嫁女。」

※　※　※

當天深夜，法奧農及兩名護衛如入無人之境，輕鬆的打開李家後院小屋的門鎖。一入內就看到素芬在前廳的角落搭個小竹床熟睡，法奧農悄聲的走進唐妹的房裡，溫柔的搖醒她。

「唐妹，醒一醒。」

「嗯——，誰？是——老爺？」

「噓，不要出聲。來，穿上衣服，我帶妳去看日出。」

「現在？」她看一眼漆黑的窗外。「可是——。」

「乖，聽話。」

法奧農怕耽擱時間會驚擾他人，沒有費心為唐妹穿好外衣，直接用一件厚斗蓬包裹她，動作俐落的抱起她往外走，騎上事先準備的駿馬，朝山高處奔馳。他藉著皎潔的月光，小心翼翼的騎到白天勘察過的平臺下馬。他技巧熟練的升起營火，然後抱著唐妹坐在自己的腿上。

唐妹不明白他的意圖，只是靜靜的看著他的一舉一動。因為久別剛重逢，對於這些親暱的動作，她覺得有些尷尬、生疏，但是又不好推離他，只好將臉轉向另一邊，低垂著頭。

法奧農也好整以暇的打量她。她美麗的五官、滑嫩的肌膚依舊；閑靜、好教養的氣質沒變，但是她的神情所透露出來的個性卻有些不同。她的眼神淡泊，沒有熱切的感情，少了一份抵抗困境的堅強，整個人的精神是透明、抓不住的，軟弱得像是扶不起的嫩豆腐。他深愛的唐妹已經迷失在某個空間裡，現在他要用兩人的後半生做賭注，用他全心全意的愛來拉回唐妹。

「唐妹。」

「嗯？」

「我愛妳。」

「討厭啦，哪有人成天將這個掛在嘴邊講的。」她心不在焉的玩弄袖口，所有的話語彷彿左耳進、右耳出般的無所謂，根本沒留在心上。

法奧農握緊她的手舉到唇邊，他嚴肅凜冽的眼神讓唐妹很困惑。

「唐妹，妳還記得我跟妳說過，我在爪哇認識一個很奇特的老人嗎？」

在這種情況下，她除了莫名其妙的點點頭，也做不出其他的反應。

「妳知道我為什麼愛妳嗎？」

唐妹再一次茫然、緩慢的搖頭。

「我小的時候，曾經親眼看著一個玩雜耍的男人空手殺死一隻大野獸，我當時年紀小，那隻有大獠牙的野獸對我來說，就是世界上最可怕的東西。可是，那個男人卻不怕死的挑釁牠，甚至殺死牠，贏得大家的喝采。那個時候我天真的以為，擁有高強的武功、不怕死的精神，就是最勇敢的人。我便立志長大要成為一個萬夫莫敵的大英雄，直到我離開家鄉到過很多地方、認識很多人，遇見妳、愛上妳，我才知道我錯了。」

法奧農低下頭，用他的鼻尖磨蹭唐妹的臉頰，說話的語氣由輕鬆明朗轉為嚴肅低沉。

「開墾荒地並沒有我想像中的簡單，光有蠻力和兇悍還不夠。我花了近一年的時間和部下及當地人在爪哇開闢了一個大農場，一切都按照計劃的進度進行，讓我覺得這個世界實在是太簡單了。我志得意滿的準備收成，結果突然來了一個大颱風。天氣好轉之後，我站在好像雜草大草原的田中央，看著辛苦的心血，一夜之間全泡湯了，我整個人嚇呆了，什麼也不能想。有些在地人不死心的邊哭邊找殘留的稻穗，看他們無能又不甘心，一副窩囊、可憐兮兮的樣子，我心頭的火氣更大，很想抓一些倒楣的人好好的揍一頓，出出氣。我到處亂走，碰到一個奇怪的老人才停下來。他雖然也在撿稻穗，可是他卻一直在微笑。嘖，要怎麼說才好呢，他那個樣子好像……，他清楚自己的極限，卻不畏艱難、勇於向比自己能力強的敵人挑戰。我看他抬頭仰天、傲骨不屈的架勢，像個沉默堅強的小巨人，我恍然明白，做為一個農夫要比大英雄有勇氣多了。因為他所面對的是力量無限的老天爺，可是他卻仍能越挫越勇，不因為自己的渺小而認輸。我一直看著他，再想想自己生氣的舉動實在太幼稚了。」

法奧農故意停下來，想看看唐妹的反應。唐妹用手肘想撐開他，法奧農更加收緊手臂，為了兩人往後的幸福，他一定要喚醒真正的唐妹。

「後來過沒多久，當地的寺廟舉行慶典活動，我們也去湊熱鬧、開開眼界。所有的當地人都很高興的在參拜，只有那個老人蹲在一旁，好像很瞧不起這個儀式。我請一個通譯幫我跟他交談，他說拜拜是人類發明的最膚淺的賄賂，而神明是不接受賄賂的。他還告訴我們他曾有過八個兒子，現在只剩下一個。當第一個病死時，他很內疚，以為一定是自己做了缺德事，才會遭到報應；第二個走時，他也是痛不欲生；到第三個時，他祈求神明，願用自己的生命來保護剩下的兒子，結果還是沒有用；死了第五個以後，他終於明白了。他說，神待人就像父母在教養孩子一樣，溺愛只會讓孩子長不大，妳必須讓他吃些苦、受些難，才能激勵他成長。那個老人說他以前一直以為自己是遭神遺棄的人，後來才領悟，經過苦難而能活下來的人，才是神最寵愛的孩子。他還說，沒有經過大悲就不知道生命的可貴。」法奧農換口氣，繼續說：「妳知道我要說什麼，對不對？」

唐妹仍在努力掙扎，眼淚已經開始往下掉。

「我剛認識妳的時候，看妳為了母親而任勞任怨，妳的溫柔堅強使我瞭解女性的偉大。我當時就確信妳是我要共度一生的女人。妳一直都很堅強，所以我不相信妳會忘了我們的女兒。」

唐妹開始尖叫，想蓋過法奧農的聲音。法奧農摀住她的嘴，即使掌心被咬得很痛也不放手。

「唐妹，我愛妳。我相信妳也愛我，所以我們今生的命運是牽連在一起的，妳這樣蹧蹋自己的生命，也等於是在害我。我求妳，為了我、為了我們，勇敢的面對現實，想想我們的女兒，她絕對不甘心被自己的母親遺忘，否則豈不形同孤魂野鬼？」

法奧農的話像利劍，逼得唐妹再也無力抗拒、無處可逃，她斷斷續續的道出深埋在心底的恐懼。

「是我的錯……，是我貪戀男歡女愛，才會遭到天譴……，才會害死她們。我不應該獨自偷生……，可是我想再看看你……，又怕你知道了一定會生氣……，一定會恨我……。對不起，我不是故意的……。」

法奧農仰天長嘆一聲，他早該知道唐妹一定是自責太深，才會把自己逼到邊緣地帶。相形之下，他的想法雖然實際，卻也顯得有些冷靜無情。

「唐妹，我真的沒有生氣。因為如果我們可以左右天意，那我也有錯，我應該守在妳的身邊。如果老天爺要我們死，我們怎麼也活不了。可是我們活不來了，所以我們要好好活著，向神證明做為人是一件值得驕傲的事。」

唐妹狂亂的搖頭。「不，我沒有資格——。」

「有、妳當然有。我無法解釋為什麼我們還能活著，但是只要我們還活著，就有權利追求幸福。妳緊抓著碧西，會影響她靈魂的成長，妳放了她，讓她自由，也讓妳自由。」

唐妹停止哭泣，好一會像是要說服自己的喃喃自語。「是啊，碧西不會有事的，娘一定會替我們好好照顧她的……。」

「妳看，太陽要出來了。妳以前說過喜歡清晨，我現在也覺得太陽很像鍾馗，他一出現，就把黑暗小鬼通通驅趕跑了。」

唐妹舒服的偎在法奧農的懷裡，經過一次痛哭，她覺得自己跨過了一個成長的門檻。現在兩人的心靈靜靜的接受大自然的洗禮，看著翻騰洶湧、變化萬千的雲海，彷彿是一群歡欣起舞的曼妙少女；也像是善良熱情的百姓在歡迎他們賢明的君王蒞臨，準備臣服在君王的威風之下。

這壯麗懾人的景色令法奧農頗多感觸，他溫柔的對唐妹說：「妳看，天地之間如此遼闊，我們人實在太微不足道了。所以，有很多事情的發生不是我們所能預料與控制的，我們只能盡力的過好每一天，努力的完成我們想做的事，只要不留遺憾，生命的長短並不是很重要的。」

唐妹抱著法奧農最後一次大哭，想將過去的悲傷做一個結束的宣洩。

第十五章

素芬難得有一個飽眠，她舒服的伸個懶腰，面帶微笑的醒來。一睜眼卻看見勞吉和阿古坐在離她不遠的桌椅上下棋，嚇得她抓起被單就往外衝。她一路狂奔大叫，遇到在前院逗鳥的文賓才停下來。

「妳在幹什麼？有衣服不穿，裹著一條被單到處跑。」

「舅老爺，你一定要替我做主，我的睡相都被看光了，叫我以後怎麼嫁人嘛。」

文賓不敢相信家中竟然有輕狂之徒。「是誰這樣大膽竟敢偷看閨女睡覺？」

「是我家老爺的兩個貼身護衛。」

文賓鬆口氣，認定只有野蠻人才會偷看女人睡覺。「喏，你們是同一個主子，妳最好去找他投訴。不是我不護著妳，實在是你那個主子根本就是沒有文化的野蠻人。」

素芬這才發現自己掉入裡外不是人、兩邊都沒得靠的局面。她正在懊惱奴僕難為時，文賓突然想到一件事，很緊張的問她。

「妳說有紅毛夷在後院裡。那唐妹呢？」

「啊？我……我不知道，我一嚇到——。」

「快，過去看看。」

文賓截斷她的話，帶頭跑向後院，直接衝進唐妹的房裡，果然是床上無人。他走出來詢問勞吉和阿古，兩人故意裝傻的指天劃地，喃喃著言不及義的荷蘭話。沒一會，鳳珠、阿材和春玉母子也進來七嘴八舌的問說到底發生什麼事，文賓早已氣得臉紅脖子粗的。

「這個野蠻人竟敢三更半夜的來擄人，簡直是土匪頭子。」

勞吉和阿古看一下子聚了這麼多人，便識相的迴避到前院，正好接到法奧農回來，而唐妹經過激烈的情緒起伏，這會兒正舒服的窩在法奧農的懷裡，睡得正深沉呢。法奧農一下馬就旁若無人的直接走往後院，半路上被文賓堵住。

「你這個野蠻人竟然用卑鄙下流的手段，你到底是大人還是小人啊？」

法奧農冷哼一聲。「是你自己說你不想當壞人，我可沒說我要當好人。」

他說完便繼續往前走，文賓想追上去，卻被鳳珠拉回房裡。阿材和春玉則跟著法奧農，看他輕柔的將唐妹安置好後，阿材有些好言相勸的開口。

「洋老爺，在漢人的習俗裡，對於大舅子應該要禮讓三分才好。」

「我已經讓他了，我沒宰掉他，不是嗎？」

阿材後退兩步。「啊？為什麼要殺他？」

「他竟然想趁我不在的時候，把唐妹許給別人。」

原來他是在為這個生氣。春玉安心的喘好大一口氣。

「洋老爺，是你自己行蹤不明，理虧在先。李老爺也是要保護唐妹，他並沒有做錯。再說他是這個宅子的大家長，底下的奴僕不算少，你總要先給足了面子才好談事情啊。」

「是啊，唐妹如果知道你如此無禮的對待她大哥，也會不高興的。」

阿材聰明的擊中法奧農的弱點，他雖然不吭聲，但旁人看他不豫的臉色，知道他已經被說服了。

另外一邊，鳳珠也在極力勸說文賓。

「你看他那個樣子根本不可能放開唐妹，你明明知道這件事只有一個結果，卻故意把氣氛弄得這麼僵，這樣怎麼能有圓滿的結局？」

「什麼我故意？妳沒看到他的態度那麼惡劣？在人前已經這樣粗魯，誰知道背後他是怎樣虐待唐妹的。」

「我覺得他的樣子不是沒教養，而是很不高興，好像我們有人在無意中得罪他。他沒有大吼大叫，所以應該不是脾氣壞，你應該靜下心來好好跟他談談，把心結化解開才是。」

「我才不要跟那個野人低聲下氣的，我可是他的大舅子呢。」

「我看你是氣糊塗了，你不是罵他是野人嗎？他哪會跟你講究這些漢人的禮數。你別忘了，唐妹往後幸福還要靠他呢。」

「妳到底是哪一家的人？淨幫著外人說話。」

「我是要點醒你。你一向是善惡分明的人，現在為了心愛的妹妹，整個心都偏了，才會對他完全沒好感。你仔細想想，他半夜來擄人卻留下兩個護衛，擺明了是要告訴我們，唐妹是他帶走的。他的人還在，表示他一定會帶唐妹回來，不需要我們瞎操心。他做事這樣體貼、設想周到，絕對能給唐妹幸福的。」

文賓一時拉不下臉，賭氣的說：「哼，瞧妳說得一臉陶醉，乾脆妳陪嫁過去算了。」

鳳珠看清丈夫是吃醋、不服輸的臉色，便靠過去搔他的癢。「好哇，你捨得的話，我當然願意了。」

「唉呀，做祖母的人了，要莊重些才好。」

文賓嘴裡這麼說，卻是滿面溫柔的笑意。

※　※　※

唐妹近午時醒來，素芬替她梳洗打扮後，法奧農牽著她，兩人正式拜見文賓夫婦。

唐妹對失神時的日子記憶不多，不免擔心自己不知惹了什麼笑話，所以現在的舉止有些拘謹羞澀，看在文賓夫婦的心底，真是又愛又憐。

「大哥、大嫂，小妹給你們添麻煩了。」

「傻妹子，自家人說什麼麻煩。」

文賓上前扶起唐妹，故意將法奧農撇在身後。

法奧農有一股要冒火的衝動，但是在阿材不斷的使眼色之下，只好忍氣吞聲的說：

「李老爺，唐妹現在的身體好多了，我希望你能允許我和唐妹早日正式完婚。」

文賓看法奧農解開了唐妹的心結，對他已經心無芥蒂。不過，他不想讓法奧農以為唐妹只能嫁給他。所以，他並沒有把歡喜流露出來，說話仍是用嚴父試探女婿的口氣。

「我想先聽聽你今後有什麼打算？」

「我最早的計劃是帶唐妹回故鄉完婚，後來南洋的農場出了狀況才擱置。因為是內賊作亂，我不敢輕信他人，所以只委託阿榮幫我帶話。我先回國是要抓緝真正的原兇，以免他把歪腦筋動到唐妹的身上。」

「另有真兇？」

「是的。我有兩個弟弟，大弟的個性像我的母親一樣善良憨厚，娶一名商人之女為妻；小弟雖然行事輕率、脾氣耿直，本性倒也不壞。我因為長年在外遊蕩，所以國內的產業都交由大弟管理，結果他找了經商的妻舅幫忙。原本拉拔自己人是應該的，但是他太過老實，對人沒有防心。漸漸的，他的妻舅接下所有的事務，並且起了歹心。我那位姻親的如意算盤是，趁我還沒有子嗣之前，只要除掉我，那麼我的大弟就可以繼承一切，他便能操縱我的大弟，間接謀取龐大的利益。因此，他開始賄賂我在南洋農場的總管，承諾只要我一死，他便可以接收農場的所有權，才會有後來一連串的事件發生。這大概就是漢人所說的，因為擁有一塊牆壁而有罪。」

「牆壁？」文賓的耳朵都豎直了。

「就是那個……和氏璧。」

文賓沒好氣的說：「那不是牆壁，而是一塊價值非凡的上等美玉。」

法奧農故做恍然大悟狀。「我就說嘛，怎麼可能只為了一面牆壁而打仗，你們沒有那麼笨嘛，對不對？」

唐妹譴責性的嬌瞋他一眼。文賓也懷疑他是在藉機罵人。但此時不宜發火，只能吹鬍子瞪眼睛，硬邦邦的說：「你還沒有講到重點。」

法奧農的臉上有笑容了，他的心中有一絲報復的快感。「我仔細衡量過了。臺員是個很好的地方，距離唐山也不算遠，等你們的政局穩定了，很可能會將其納入版圖。到時候若兩國交兵，我方的後援遙遠，勝算很小，一旦我方戰敗就沒有我的容身之處。如果唐妹跟我回國，可能會遭到排斥，飽受委屈。因此，為了我們兩個能夠安全平靜的在一起生活，我決定帶她前往新大陸。」

「新大陸？」

「是的。那是一百多年前發現的一個地方，面積有臺員的數百倍大，土地廣闊卻只有少數的土著。他們沒有國家制度，僅有部落聚集，我國的一個船長以六個金幣向他們的族長買下一個半島（今紐約）的主權。我的國王也希望人民能遷移到那兒開墾，以利拓展國威。」

「開墾？」文賓微皺眉頭。「那豈不是要從頭開始？」

「是。既然我和唐妹無法安心在祖國生活，我已經把在國內的產業全部轉移到兩位弟弟的名下了。」

在座的人都驚訝的叫出聲。

「你放棄了？你為了唐妹願意放棄榮華富貴？」

「不是為了唐妹，而是為了我們。唐妹跟著我到新大陸，剛開始幾年也許要吃很多苦呢。」

法奧農深情的注視唐妹，對她伸出手。唐妹與他十指交握，默默的傳遞願意隨他到天涯海角的心意。

文賓看他倆的神情既堅定又平靜，終於放下心中的大石。「你為唐妹犧牲這麼多，我再不答應就太不近人情了。你們經過這許多的折磨，婚禮不宜太鋪張，一切從簡，莊重就好。你以為如何？」

「一切聽由李老爺定奪。」

法奧農和唐妹在六天後行禮。文賓沒有大肆宴客，僅請同族宗親而已。但是因為一般人對紅毛夷很好奇，再加上風聞李家流落在外的么女美若天仙，婚禮當天來了很多的不速之客，把李府擠得水洩不通的。

新婚夫婦在李府住了一個多月，期間法奧農也仔細的在籌備遠航旅行所需的一切。文賓看他事事過於謹慎，甚至吹毛求疵，詳問之下才明白真相。這下子換鳳珠鬧彆扭了。原來他們以為新大陸只是與臺員同一般距離，沒想到竟然要繞過南洋，到了荷蘭再航幾個月，遠到了海角天涯。這麼遙遠的地方，鳳珠認為一定是冰天雪地、草木不生，好像是蘇武牧羊似的。她才不忍心讓細皮嫩肉的唐妹去吃這種苦呢。

法奧農有些受不了這一波接一波的，接近歇斯底里的反對聲浪。他把安撫的工作丟給文賓，繼續埋首準備工作。

至於說要前往新大陸的人，阿榮是誓死要追隨法奧農，春玉當然是跟著兒子走。阿材雖然有文賓慰留，但他想自己的一生已經錯過了很多事，像是娶妻生子的，所以他決定豁出去，要好好冒險一番，徹底的享受與眾不同的人生。剩下素芬自信滿滿的以為一定是跟著侍候唐妹，法奧農故意逗她，既然舅老爺待人不錯，就留下來吧。急得她氣嘟嘟的撒野，成了眾人的開心果。

終曲

啟程的前一天晚上，唐妹想獨自向兄長話別，正好文賓坐在中庭涼亭裡，像是納涼也似沉思。

唐妹看著文賓的背影，鼻頭已經開始微酸了。「大哥。」

文賓緩緩的轉身，感傷的心情讓他看似個孤單老人。「是唐妹啊，妳明天一早就要出發了，怎麼還沒睡？」

「想再和大哥多說一些話。」

「唉，想不到我們做兄妹的緣份這麼淺，真有些後悔不該讓妳嫁給洋人。」

「大哥不滿意這個妹婿？」

「如果他不要把妳帶到那麼遠的地方，我會比較滿意。」

唐妹低著頭，怎麼也想不出一個輕鬆的話題。久久之後才說：「大哥，這裡天災人禍的，和我們一起走吧。」

「傻妹子，大哥怎麼能走？妳看這一磚一瓦，都是李家歷代祖先辛苦的結晶；這塊土地和著祖先的血汗，這是我們的根。大哥有責任將祖先奮鬥的精神傳承下去，否則怎麼對得起祖先篳路藍縷的辛勞。若要說人禍，誰要稱王，豈是我們小老百姓所能左右得了，只要守著本份總是不會錯的。至於旱災天象也只能順其自然，有道是物極必反，我相信撐過今年，來春必定普降甘霖。天是無絕人之路的。倒是妳，不管到了哪裡，永遠別忘了自己是漢人的身份。不要因為有人寵著，就把祖先的教訓和女人該有的美德全給拋掉了，明白嗎？」

「是，我會把大哥的話記在心上的。」

「那就好。別哭了，沒什麼好難過的。等過幾年安定下來了，就叫那隻猴子抽個空帶妳回來看看，到時候我們還是能再相聚的啊。」

唐妹擦擦眼淚，向文賓撒嬌。「大哥，你說他是猴子，那我豈不成了猴嫂？」

「哎喲，妳看妳，這麼疼夫婿，大哥開個玩笑都不行？」

兄妹倆這下子才同時笑開了。

唐妹回到房裡時，法奧農還在等她。

「那隻老猴子是不是又說了很多我的壞話？」

唐妹懊惱的怒瞋。「不准你這麼說我大哥，他才沒有你那麼小心眼呢。」

法奧農擺出唐妹永遠抗拒不了的賴皮笑臉。「我才不是小心眼呢，否則怎麼容得下妳？」

唐妹永遠無法在口頭上贏過他，乾脆主動的棄械投降。拉著他走到窗邊，想多看一會故鄉的明月。

法奧農滿心是對新生活的期待，自然沒有唐妹的離愁之情。他低下頭親吻唐妹的臉頰。「在想什麼？」

「你經常在海上航行，會不會怕？」

「怕什麼？」

「我也不知道。我覺得海又大又黑又深，底下不知道藏有什麼駭人的東西，好像會有什麼隨時突然衝出來興風作浪一番。」

法奧農聽出唐妹話裡的不安與畏縮，明白是母親和女兒意外死亡的打擊，使她的膽量變小，喪失了面對未來的勇氣。

「唐妹，當我在海上時，偶爾會害怕，因為老天爺要刮大風、下大雨並不會事先通知我們。但是，大部份的時間我都充滿信心、不怕任何考驗，因為我知道我有一群忠心優秀的部下，他們會隨時陪著我一起共渡難關，這種團結的力量讓我不怕面對困難。」

法奧農突然想到什麼，輕笑了起來。唐妹訝異的看到他居然也會臉紅，法奧農摸摸鼻子，有些不好意思的解釋。

「我知道這種想法很自大，但是我真的這麼認為。每次我充滿信心的時候，都會覺得神是站在我這邊。對了，漢人不是說，自助天助嗎？自己要先盡力，老天爺才會保佑。」

「是啊。」唐妹很有感慨的附合。「如果我們連自己都放棄了，只會惹老天爺厭煩，離我們更遠。」

「現在妳很幸運，因為妳有我，我會隨時陪在妳身邊，做妳的靠山，妳也可以給我為幸福的生活奮鬥的勇氣。我們倆一起作伴，人生還有什麼可怕的？還怕什麼無法解決的難題，對不對？」

「對，有伴就有勇氣。」

唐妹再次望向月亮時，覺得它的光輝既明亮又溫柔，就像他們的未來一樣。

【全書完】

國家圖書館出版品預行編目

天空永不變 / 蔡惠美著.-- 一版.-- 臺北市：
秀威資訊科技, 2009.01
面； 公分. --(語言文學類；PG0216)

BOD版
ISBN 978-986-221-139-7（平裝）

857.7 97023916

語言文學類 PG0216

天空永不變

作　　者 / 蔡惠美
發 行 人 / 宋政坤
執行編輯 / 黃姣潔
圖文排版 / 郭雅雯
封面設計 / 蕭玉蘋
數位轉譯 / 徐真玉　沈裕閔
圖書銷售 / 林怡君
法律顧問 / 毛國樑　律師
出版印製 / 秀威資訊科技股份有限公司
台北市內湖區瑞光路583巷25號1樓
電話：02-2657-9211　傳真：02-2657-9106
E-mail：service@showwe.com.tw
經 銷 商 / 紅螞蟻圖書有限公司
台北市內湖區舊宗路二段121巷28、32號4樓
電話：02-2795-3656　傳真：02-2795-4100
http://www.e-redant.com

2009 年 1 月 BOD 一版
定價：320 元

讀 者 回 函 卡

感謝您購買本書，為提升服務品質，煩請填寫以下問卷，收到您的寶貴意見後，我們會仔細收藏記錄並回贈紀念品，謝謝！

1.您購買的書名：____________________

2.您從何得知本書的消息？

☐網路書店 ☐部落格 ☐資料庫搜尋 ☐書訊 ☐電子報 ☐書店

☐平面媒體 ☐ 朋友推薦 ☐網站推薦 ☐其他__________

3.您對本書的評價：(請填代號 1.非常滿意 2.滿意 3.尚可 4.再改進)

封面設計____ 版面編排____ 內容____ 文/譯筆____ 價格____

4.讀完書後您覺得：

☐很有收獲 ☐有收獲 ☐收獲不多 ☐沒收獲

5.您會推薦本書給朋友嗎？

☐會 ☐不會，為什麼？____________________

6.其他寶貴的意見：____________________

____

____

____

讀者基本資料

姓名：____________ 年齡：______ 性別：☐女 ☐男

聯絡電話：____________ E-mail：____________

地址：____________________

學歷：☐高中(含)以下 ☐高中 ☐專科學校 ☐大學

☐研究所(含)以上 ☐其他__________

職業：☐製造業 ☐金融業 ☐資訊業 ☐軍警 ☐傳播業 ☐自由業

☐服務業 ☐公務員 ☐教職 ☐學生 ☐其他__________

請貼
郵票

To：114

台北市內湖區瑞光路 583 巷 25 號 1 樓

秀威資訊科技股份有限公司　　收

寄件人姓名：

寄件人地址：□□□

(請沿線對摺寄回,謝謝!)